U0937112

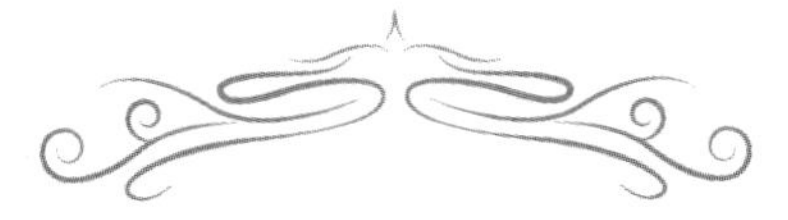

“枞阳文学精品丛书”组委会名单

顾　　问	杨如松	县委书记
	占聆娜	县人大常委会主任
	何正清	县政协主席
主　　任	杨秀颀	县委副书记、县政府县长
副主任	杨贤招	县委副书记
	黄　楚	县委常委、宣传部部长
	左敬东	县委常委、常务副县长
	周晓娟	县人大常委会副主任
	吴正芳	县政府副县长
	江习明	县政协副主席
成　　员	叶学挺	县委办公室主任
	李友好	县政府党政成员、县政府办公室主任
	张文满	县人大常委会教科文卫工委主任
	钱利勇	县政协文化和文史学习委主任
	黄　勤	县委宣传部副部长
	吴立友	县发改委主任
	朱　晋	县财政局局长
	周剑斌	县教体局局长
	吴文汉	县住建局局长
	刘毛陆	县文旅局局长
	周立宏	县招商服务中心主任
	胡学东	县委史志研究室主任
	章宪法	县文联主席

“枞阳文学精品丛书”
编辑部名单

枞阳文学精品丛书（第四辑）
丛书主编◎章宪法

侠义东乡

周巨龙——著

合肥工業大學出版社

图书在版编目(CIP)数据

侠义东乡/周巨龙著．—合肥：合肥工业大学出版社，2021．9
(枫阳文学精品丛书．第四辑)
ISBN 978－7－5650－5405－1

Ⅰ．①侠…　Ⅱ．①周…　Ⅲ．①散文集—中国—当代　Ⅳ．①I267

中国版本图书馆 CIP 数据核字(2021)第 171943 号

侠 义 东 乡

XIAYI DONGXIANG

周巨龙　著　　　　责任编辑　疏利民

出　版	合肥工业大学出版社	版　次	2021 年 9 月第 1 版
地　址	合肥市屯溪路 193 号	印　次	2022 年 4 月第 1 次印刷
邮　编	230009	开　本	710 毫米×1010 毫米　1/16
电　话	理工图书出版中心：0551－62903018	总印张	123.75
	营销与储运管理中心：0551－62903198	总字数	1546 千字
网　址	www.hfutpress.com.cn	印　刷	安徽联众印刷有限公司
E-mail	hfutpress@163.com	发　行	全国新华书店

ISBN 978－7－5650－5405－1　　总定价：432.00 元(共 9 册)

自序

家在东乡

（一）

偶一日，检视过往，忽然发现几十年倏忽已过，却一直生活在东乡，工作在东乡。

东乡是老桐城的一个比较老的行政区划，包括今天枞阳县白荡湖以东的区域和铜陵市郊区的江北三镇。

东乡的建制不复存在，但东乡却以独特的文化地标的形式，依然映照古今。

似乎有一种魔咒，一直转不出东乡。

平常。有升斗之粟，却无尺寸之柄；愿经天纬地，却眼高手低。

平淡。除了案牍劳形，嗜好无多；没有天南地北的奔波，没有波澜壮阔的阅历。

不平静。先后有几位至亲在不该离去的时候离去，也曾无意中作茧自缚。

如此这般，似乎有点局促、空泛和可怜，但更多感受到的却是自在、充实和幸运。

此生与文字为伍，有东乡作伴，不慕王侯不羡仙。

（二）

生在东乡，是祖宗的智慧选择。

家在东乡，是命运的有意垂青。

长江、陈瑶湖、枫沙湖、三公山、浮山以及白荡湖拱卫成东乡的一片“江湖”，不同凡响。

沃土肥田，毋庸担心岁月的饥馑。

绿肥红瘦，不必愁对沙漠的荒芜。

惠风暖阳，何用身受高原的苦寒。

碧水蓝天，无须顾及雾霾与沙尘。

患得患失的时候，看滚滚长江东逝水，就会旷达洒脱。

低迷消沉的时候，登蔚然挺秀的三公山，就能开朗振举。

浮山洗心池一泓纤尘不染的净水，可以在沁人心脾中洗去滚滚红尘的浮躁。

陈瑶湖一片出淤泥而挺洁的青莲，可以于楚楚动人时羞煞蠢蠢欲动的私欲。

在东边沟，可以木屐登巅，傍林泉，坐阅云，万端锦绣胸中横，不与世俗争输赢。

在枫沙湖，可以青笠鼓棹，凌波把酒，兰桡荡漾洗喧嚣，蓑衣尽解长风啸。

在白云岩，苍岩，鹰隼，云洞，幽泉，自是最宜“习静了遗人世事，迟迟拥卧僻成慵”。

即使日夜兼程，东乡依然是一座供给充裕的驿站。

哪怕伤痕累累，东乡始终是一处舔血疗伤的港湾。

（三）

身在东乡，家在东乡，可以轻易地活出自我，活出性情。

东乡是“文”“武”双全的。文有数不胜数的熠熠魁星，武有一枝独秀的东乡武术，其结果是造就了东乡独特的人文生态。

东乡人重义。仁义，德业相劝，过失相规，患难相救，疾病相扶持。忠义，是真朋友，就决不背叛。受人之托，必然忠人之事。事关信仰，事关节操，从来都是“露冷霜欺蕙抱玉，溪幽山险芷守身”。侠义，大路不平则铲，恃强凌弱则抗。明知不可螳臂当车，却敢慷慨趋前，挺身担当。

东乡人耿直。性格直来直去，不喜欢拐弯抹角，就连说话都没有柔和起伏的音调，一切就那么硬硬地直直地出口了。宁愿当面吵一通，打一架，也不愿在背后算计告黑状。不喜欢遮遮掩掩，一切坦坦荡荡。

东乡人服理。认理不认人，帮理不帮亲。一个“理”字与曲意逢迎无关，与盛气凌人沾不上边。有“理”，老实巴交也不用怕；无“理”，有权有势也不行。“理”字说通了，对手也能成为朋友；说不通，就是皇帝老子，也敢犯颜冲撞。

（四）

东乡的历史与文化有着鲜活的温度。为之穿越和对话，或感人肺腑，血脉偾张；或亲切温婉，如沐春风。

东乡有那么多优秀的家族，有那么多有名的先贤。

照亮他们历程的，一定是人性的光芒。

滋养他们心灵的，一定是普世的厚德。

支撑他们脊梁的，一定是正直的义理。

看到将军和外交家黄镇无论是策马驰骋于烽火连天的抗日战场，无论是纵横捭阖于波谲云诡的外交战线，亦无论是拨乱反正于文化领域，始终不忘初心，对党对人民忠心耿耿。

跟着乡绅左麒为了帮助乡亲摆脱沉重的芦苇赋税，悯而代输，不足则借贷，仍不足则鬻产……任是冰冷的木石心肠也会升华成炽热的爱人情怀。

聆听铁骨御史左光斗“风云三尺剑，花鸟一床书”的吟唱，顿觉琴心剑胆，壮怀激越。

品味明朝义士周磐石，“昔皇甫规耻不与党，此正藉报知己之日，安敢望门投止乎”之壮语，不怕被左光斗连坐，一种以死全忠的侠义豪情油然萌发。

唱和明季奇人周岐“凤凰鸣高岗，岂为稻粱谋”的啸咏，陡然超凡脱俗，鸿鹄在天。

面对明代著名思想家、哲学家、科学家方以智在清军面前宁就刀剑不要官服的抉择，一股丹心抗节的浩然之气慨然升腾。

置身于清道光二十八年（1848）江南九华山某处机关重重的寺庙，面对为非作歹的大内高手出身的“花和尚”及其团伙，看本不相干的江北东乡“三十六名教”挺身而出，为民除害，心中鼓荡起任侠尚义的血性与豪气。

穿行在血雨腥风的桐东大地上，桐乐抗日民主政府率领那些不惧铁蹄兵锋而前仆后继、不屈不挠的热血男儿一起拼杀，浑身澎湃着民族大义的庄严与骄傲。

朗诵清末民初的“狂士”陈澹然“不谋万世者，不足谋一时；不谋全局者，不足谋一隅”的宏论，深深折服于那高远的识见与阔大的格局。

……

在东乡，激发穿越的还可能是一片山水、一座建筑、一场仪式、一道美食。

山不在高，有仙则名。浮山就是这样的一座山，其“仙”有儒教的，还有释教的、道教的，这种集“三教”于一体的现象恰是中国文化的缩影。

某处老宅里，一座天井会用那朝天而开的“大窗户”，并借助流动的空气、折射的阳光和高远的天空，展开一场关于天人合一的交流。几块石头、砖头、木头，则凭着戏文传说、飞禽走兽以及花草虫鱼的雕刻，展示着古人对于传统和自然的敬畏。

一个传统的婚礼上，那些被现代人视作多余且烦琐的程序，昭示的却是我们的先人对于礼仪和道德养成的成功实践。那些被现代人视作平常且低档的特定的用具与饮食，阐释的却是古人指导新生活及培育下一代的智慧与科学！

很多人家年三十的餐桌上会有一道叫作“糊粉”的传统食物，其烹饪方法是将过年时难得宰杀的畜禽的血、肠、肝和挂面头子、豆腐等等“边角料”以及山芋淀粉搅和成糊。人们咀嚼到的除了那一份鲜美，一定还会有先辈们忆苦思甜的教化、“废物”利用的态度和融会包容的精神。

当然，对话东乡的历史与文化，还可以有一些轻松且别样的途径与方式。比如，追随明代进士谢佑一起“轩窗风凉开简籍，村头雨霁看锄犁”，相伴清代举人周宾“举头悠然见南山，此中真意都忘言”，自有一份恬静与闲适、淡泊与悠然濡透身心，让一切形役与羁绊化为无形。

（五）

读到这里，你或许对这个小集子的靶向有所了解了。不过，由于既懒且笨，接下来捧出的可能是一些残次的“砖头瓦砾”。好在任何事物都有其存在的价值，就用这些“砖头瓦砾”铺路，让更多的人循着独特的东乡文化地标，走进缤纷的东乡文化殿堂吧。

家在东乡，这是我必须担当的。

目 录

第一辑

东乡风骨

东乡风骨

东乡，是一个比较古老的地理概念和行政区划。

东乡，更是今天依然炫目的一种文化地标和精神符号。

枞阳于西汉初置县，后改为舒县，三国时属吴庐江郡，南朝梁复置，隋又废。唐初为同安县，隶同安郡，至德二年（757）改同安郡为盛唐郡（后复为同安郡），改同安县为桐城县。1949 年属皖西第二专署，1951 年更名湖东县，属皖北行署安庆行政区人民专员公署，1955 年再改为枞阳县。东乡作为其中的一个行政区域，始于南宋嘉定元年（1208），从那时起桐城县设东、南、西、北 4 乡和北峡、永安、鸢山、铜山、挂车、石溪、双港、孔城、练潭 9 镇。明洪武六年（1373），东、南、西、北乡分别易名为清净乡、大宥乡、日就乡和桐积乡，并设枞阳、汤家沟、孔城、北峡关、练潭 5 镇。清代基本沿袭明制，乾隆年间增加一个县市乡，这种区划一直沿用到新中国成立。也就是说，东乡实际是南宋嘉定元年到明洪武六年的行政区划，但老百姓大概因为东乡是以地理方位命名的区划，字数少，叫得响，有气派，好记忆。因此，一直以东乡称之。据《桐城志略》载：“东乡计有：老洲头，六百丈，老洲湾，菜籽宕，殷家沟，白湖，水圩，竺青山，鸦山，鸾保，凤保，方家仓，杨树潭，施家湾，竺城，马鞍山，发洪山，虾儿港，周家潭，青鱼沟，源子潭，梅子岭，柳子寺，白云冲，社城河，石山，金鳌，寿龙山，周青山，汤家沟，白阳，望城冈，霹雳山，黄山口，四望寺，后埠潭，横埠河等三十七保。”也就是今天的周潭、陈瑶湖、老洲、横埠、钱铺、汤沟、金社、项铺、白梅、白湖、浮山等乡镇。

东乡范围不过1 000平方千米左右，但前有奔腾不息的长江扼险，后有绵延不绝的三公山屏障，左右分别有烟波浩渺的白荡湖和杨都湖（今枫沙湖、陈瑶湖和普济圩农场）阻隔，相对封闭和独立。换一个角度看，则称得上山青水碧、地肥土美，在交通落后和动乱频仍的古代，无疑是避乱生息的一方世外桃源。

自宋朝以来，天南地北的一些家族便陆续辗转寻觅到此，披荆造庐，开枝散叶，如鹞石周氏两宋之际自宜兴而来，可上溯至汝南（今河南驻马店）；洪山章氏（又叫山边章氏，后又析出涟湖章氏）南宋高宗中期从泾县而来，合明牌楼章氏宋末元初则从婺源迁来，三章均可上溯至福建浦城；水圩谢氏元末自歙县迁来，可上溯至绍兴乃至陈留（今河南开封治下）；横埠河左氏洪武初年自潜山迁来，可上溯至泾县；还有吴、王、孙、邓、沈、陆、黄、施、蒋、宋、钱、陶等族，不必一一交代。

这些家族的血脉里其实镌刻着长江、黄河、淮河、吴越、闽越、太湖和徽州等文化的因子。地处吴头楚尾且山水自成一格的小小的东乡，陆续有了如此众多的赫赫有名的文明碰撞、交融，这在中国文明史上实在是一种独特的现象，其碰撞与交融的结果无疑也是独特的。的确，这些家族在瓜瓞绵绵中，在动乱与太平的交替中，分别以家谱中的家规家训等形式传承和光大了各自的家族文化，又在抱团中催生了一种为各个家族所奉行和推崇的性格特征、道德标准、价值理念等全新的文化内核，有研究者称之为“东乡风骨”。东乡风骨到底是什么？许多人可能会瞬间想起了东乡“三十六名教”大战九华山恶僧的“侠义”之举，但这种诠释并不全面。如果要用一个字来概况东乡风骨的核心，这个字自然是一个“义”字，而撑起东乡风骨的其实是相互关联又各有侧重的三大支柱：仁义，忠义，侠义！

仁义东乡：积德行善　蹈仁履义

“樊迟问仁。子曰：爱人。”（《论语·颜渊》）孔子的回答直截了当。孔子在《论语》中所列德目包括仁、义、礼、智、信、勇、忠、恕、孝、悌等几十种，但一个“仁”字在《论语》中出现高达109次。在孔子心目中，仁是道德自觉的最高境界，足以涵盖诸德。孔子对仁的解释有很多，但“爱人”二字的解释最为铿锵，最为动人。

孟子则专门写了一篇文章《仁者爱人》，阐释仁者是充满慈爱之心、满怀爱意的人，仁者是具有大智慧、人格魅力、善良的人。

“义”，最早是会意字。从我，从羊。“我”是兵器，又表示仪仗；“羊”表示祭祀品。本义：正义；我的威仪；合宜的道德、行为或道理；有义德之美。

仁义，简单地解释即是仁爱与正义，宽仁慈爱的有正义的道德和行为。

抱团才能取暖，才能共生共荣。东乡各个家族在开荒拓土中悟出了这个道理，类似“患难相救，疾病相扶持”的劝谕和教化在东乡各个家族的宗谱中都有体现。东乡有一句土话：“我有一口饭吃，至少也要让你有一口粥喝。”但这只是东乡人普遍的、起码的行善观念，东乡不乏宁愿自己不吃，也不能让别人饿死的倾其所有助人的大仁大义之人。

“邑中芦课重，民多逋欠聚狱。悯而代输，不足则借贷，仍不足则鬻产。明年官追课如前，乃谋吁减课上书阙下，誓以死为民请命……”这是载于清末民初学者马其昶的《左忠毅公年谱定本》开篇的一段文字，说的是大明铁骨御史左光斗曾祖父左麒的故事。大意是明代成化年间，桐城县内的芦苇税赋太重，许多穷苦人家过了规定时间，仍填不了税收的窟窿，无奈被逮捕入狱。左麒怜悯他们，便出资代他们完税，没有钱了，就向别人借贷扶持他们，仍然不足，就卖地产房产帮助他们。可是，芦苇的税赋年年有，旧债未还清，新的税收又来了。左麒想到这样下去，不是办法，便思谋着告御状为老百姓呼吁减轻芦苇的税赋。代输、借贷、鬻产、谋吁减课，左麒的动作一个比一个大，彰显了宁愿倾家荡产，甚至拼了性命，也要救乡亲于水火的炽热的爱人情怀，与那些为富不仁和各人自扫门前雪、莫管他人瓦上霜之流相比，左麒无疑在道德制高点上扛起了一面仁者爱人的大旗！

在鹞石周氏，同样也有一位类似的令人仰止的扶贫济困的仁义过天之人。此人为明遗民奇人周岐的次子，名说敦。他热衷于研究庄子、屈原、左丘明、司马迁的学说，结合山川地形考订河洛太极象纬图，精于魏晋、三唐之诗，工于琴棋书画，交友遍天下。淡于科举，疏于仕进，与其兄桂芩、弟正斋均为一些名公巨卿争相延之幕府，兄弟三人一概不就。常邀好友绿蓑鼓棹，木屐登巅，诗酒风流。

《周说敦公传》载，周说敦矜贫救厄，好善乐施。亲戚故旧贫困在外死亡久远不得归葬的，周说敦得知后，叹道："故人死无归，余可以他诿乎？"自觉地把收敛故人使之得以归葬的事情作为自己不可推诿的责任！出资择地多方以安其棺，而且除了暗地里告诉其人之子孙外，一律不对外声张。不仅如此，出外遇道旁无名尸骨，急还家广置簏以检之，仓促不能置簏的，解衣命仆者裹而埋。康熙己丑年（1709）大饥荒，于县城外设棚庇护难民，饥者施粥，病者施药，亡者施棺木。

事情并没有结束，又一幕令人稀奇的故事即将上演。遇到周说敦助人难以为继时，其出身于左麒家族的左氏夫人，孝敬慈惠，"脱簪、珥以助之"。周说敦晚年擢州司马，家居不仕，夫人与之"皓首相对，食贫恬如也"。一个女子拿出自己最心爱的首饰帮助丈夫轻财好施，甘贫乐道，除了让人羡慕其是夫唱妇随的好典型，更让人钦佩左麒的仁者爱人的良好家风传承。

曾任明两部尚书的钱如京，则堪称施行仁治的传奇人物。马其昶的

《桐城耆旧传》记载了两个故事。在总督两广军务的任上，某夜，遇兵变，士兵遁逃，钱如京手据军权，却不假武力，端坐督署，只是密令守门军士："群出者纵之，独出者擒之。"钱如京此举可谓冒险，其底气是什么？两个字：宽仁。到了半夜，逃出城的兵士们见无人追杀，终于被钱如京的宽仁所感化，便又纷纷返回了军营。第二天，果真只轻罚了两个独自出城者，其他人概不追究。

但是，在东乡，仁义之行绝不仅仅是左麒、周说敦、钱如京等一些高标的个体，一些家族以家规这个家族最高法的形式，推出了一种参与更广泛、影响更深远、保障更有力的家族集体行善的载体。这种载体就是"义田"。因仰慕老师周京而名"如京"的明两部尚书钱如京，在专为周京所作的《篁田行》开头即颂道："予师篁田先生致政家居，乃率宗人建祠堂置义田，将以敦本而教俗也。予卧病京师，闻之有感，作篁田行以美之。"

那么，钱如京所说的鹞石周氏所置的"义田"是什么呢？这要从范仲淹说起。"范文正公，苏人也，平生好施与，择其亲而贫、疏而贤者，咸施之。方贵显时，置负郭常稔之田千亩，号曰义田，以养济群族之人。日有食，岁有衣，嫁娶凶葬皆有赡。"（钱公辅《义田记》）范仲淹购买田地，再用田地的产出救济本家族的人们，这样的田地即为"义田"。从现有的史料来看，"义田"是范仲淹的首创，更是对范仲淹"先天下之忧而忧，后天下之乐而乐"的远大政治抱负和高尚品格的最好注释。与范仲淹政治生涯有过交集的宋仁宗皇祐元年（1049）进士、诗人钱公辅说："殁之日，身无以为敛，子无以为丧，唯以施贫活族之义，遗其子而已。"当范仲淹逝世的时候，甚至没有钱财装殓，子女们也没有钱财为他举办像样的丧事，但他把救济贫寒、养活亲族的道义，留传给子女了。

范仲淹购置义田对后世亦对东乡产生了深远的影响。但与范仲淹不同的是，东乡一些家族设置"义田"不再局限于个人慈善，而是变成家族集体行善——以不可撼动的家规（家训）的形式规定义田为家族所有，其产出由家族统一管理和支配。如水圩谢氏在家训中规定："族繁则不无贫富之异，以后酌设义田，凡出仕与富饶者，好义乐助者，多寡惟命，着公正无私者管之。"义田的功用又有怎样的变化呢？鹞石周氏家规规定："兼家贫堪教子弟束脩（古代学生与教师初见面时，必先奉赠礼物，表示敬意。这里引申为聘请老师为之授业）明白。"水圩谢氏宗族家训则把"建义塾"也明确规定了进去："广储积，建义塾，族中有俊秀子弟贫而不能诸者，延师教育之。"也就是说，在东乡，义田的用途除了生活救济，已经由眼前趋向长远，由救济吃穿和婚丧嫁娶衍变成扶持贫困子女的教育，因而其意义和影响更为宏大深远。事实上，东乡并非一些人印象中只是一味逞勇好斗的尚武之地，"义田"的设置不仅张扬了东乡仁义的旗帜，又无疑在很大程度上催生了东乡崇文的风气，铸成了东乡"穷不丢书，富不丢猪"的传统，造就了东乡自古文风灿然、文人辈出的气象。明清时期的谢佑、章纶、钱如京、左光斗、方以智、周岐、周大璋、刘大櫆、周芬佩、周卜政、王洛，以及近现代的黄镇、陈澹然、房秩五等，他们中的每一个人在中国文化领域都恰似魁星般熠熠生辉！

忠义东乡：尽节竭诚　忠肝义胆

杨六郎，杨家将；岳飞，岳家军……小时候从广播里的评书、小说连播里听到这些忠义故事，总是心生崇敬与向往，又不免同情与激愤。

及长，方知生于斯长于斯的东乡也是令人热血沸腾的忠义之乡。

《说文解字》曰："忠，敬也，尽心曰忠。"从造字法来看，忠，存心居中，正直不偏，古以不懈于心为敬，故忠从心；又以中有不偏不倚之意，忠为正直之德，故从中声。

"天下至德，莫大乎忠。"（《忠经・天地神明章第一》）自古以来，从皇帝到百姓，莫不看中一个"忠"字。孔子曰："吾日三省吾身：为人谋而不忠乎?”忠有很多层面，对人忠对事忠，则声同气，事有成；对国家忠对民族忠，则国政举，民族兴。忠而有义，是一种执着无悔的承诺，坚定不移的专一，始终不渝的信念，决不背叛的气节。

东乡的忠义根植于源远流长的忠义教化。如水圩谢氏家训就有一条“笃忠义”：“凡族有登科第跻胪仕者，无论资格，一属官常品级，俱当循职励节矢公……”鹞石周氏家规开篇“训子孙”：“自幼之时，必须教以孝悌忠信……务使德器成龙，以为国用。”

乾隆初年，东乡周鹤亭家庭贫寒，却长期“北漂”于京城，有人奇怪他怎么一点后顾之忧都没有？他怡然说：“吾托家朴斋弟，朴斋信义人也，何忧为?”这是收录在鹞石周氏宗谱里的一则故事。孝廉周朴斋受周鹤亭所托，牺牲自己，竭诚尽力地照顾好周鹤亭的家事，分担一些体力之活，接济一些日常开支，使他能够在离家千里的京城心无旁骛地求取功名，最后以举人身份谋得泗水知县之职。周朴斋把别人托付的事当作自己的事来做，做得让托付之人全然无忧，恰恰是东乡人的典型性格——“答嘴（答应）就要算数!”如此这般，不正是“受人之托，当忠人之事”的最生动的体现吗?

说到铁骨御史左光斗，人们都知道《左忠毅公逸事》是方文告诉方苞的，却鲜有人知道方文在这件事情中亦有大忠诚的表现。方文的妻子左氏其实是左光斗的长女，但后来左氏中风暴卒，左氏兄弟开始发难，方文的两个小妾一死一遣。但方文对左光斗却一直忠诚地仰望，当得知左光斗在狱中超乎常人的坚贞表现后，毅然告诉了族中晚辈方苞，才使得我们今天能够有幸一睹左光斗生命最后的炫目时刻。方文以德报怨所展示的忠诚实属难得。

还有一种对职责的忠诚。明朝的谢佑官至山西右布政使，明英宗朱祁镇和明景帝朱祁钰虽为兄弟，却是生死对头，但都对谢佑进行了赐敕褒美。原因就在于谢佑“所至莅官慎勤，心存仁厚，凡所设施务使民沾实惠，前后志操始终一致”。这样忠于职守、廉洁奉公、勤政爱民、不忘初心的“干部”，稍有一点大局观的领导，谁能不爱护呢？谁会因为对头喜爱他就把他打入“另类”呢？

忠义之最，莫过于忠于国家、忠于民族了。

翻开吴纯生点校的《左光斗诗文集》，《宗社危在剥肤疏》《国是本乎人心疏》《外寇未除内患将作疏》《恳乞圣明慎重守典礼疏》《恳乞圣明仁义兼尽疏》《急救辽东饥寒疏》《辽士万苦千辛疏》等篇章，赫然在目。单看这些题目，便能感受到一个栩栩如生的为国为民而敢于犯颜直谏的忠臣形象。东乡人眼里不容沙子的直来直去的性格，无疑受到左光斗行为的深刻影响。

而当太监魏忠贤的权力膨胀到“九千岁”，肆意祸国，一群蝇营狗苟之辈争相摇尾乞怜时，时任左佥都御史左光斗和东林党另外五位领袖杨涟、周朝瑞、魏大中、顾大章、袁化中（合称六君子）挺身而出了，杨涟上疏弹劾魏忠贤二十四大罪，左光斗则草拟了魏忠贤三十二该斩罪。左光斗被罢黜回乡，不久六君子被捕入狱。明天启五年（1625）七月，六君子未经任何司法机构审理，全部于东厂监狱中死于非命。

左光斗获“罪”是因为忠国忧民，在狱中受尽非人的折磨后，表现的依然是忠国忧民。方苞《左忠毅公逸事》载，左光斗“席地倚墙而坐，面额焦烂不可辨，左膝以下，筋骨尽脱也”，此种情景之下，当史可法化装成掏粪人前来狱中探望时，常人一般会揣测他们师生二人势必感叹一下人生，商量一下家事。但左光斗偏不如常人所想，“史前跪，抱公膝而呜咽。公辨其声，而目不可开，乃奋臂以指拨眦，目光如炬，怒曰：‘庸奴！此何地也？而汝来前。国家之事，糜烂至此，老夫已矣，汝复轻身而昧大义，天下事谁可支拄者？不速去，无俟奸人构陷，吾今即扑杀汝！’因摸地上刑械，作投击势。史噤不敢发声，趋而出。后常流涕述其事，以语人曰：‘吾师肺肝，皆铁石所铸造也！’”左光斗至死依然以国家为念，以天下为重。

左光斗忠肝义胆若此，无怪乎其身后被追赠为“忠毅”之谥号了，也无怪乎其家乡被命名为“忠毅”村，复又改为更直白的“忠义”村了！

有必要再说一句，左光斗一家堪称忠烈满门。比如，他的弟弟左光先在南明的第一任皇帝明安宗于南京即位后，巡抚浙江，安宗的南京政权亡后，即归乡隐居。再后，南明的绍宗、永历政权期间，起而参政，坚持不懈地反清。

侠义东乡：扶颠持危　任侠尚义

一部中国社会史几乎每一章都活跃着侠义之士的身影。

印象最深的侠客当是刺秦的荆轲。后来，读《三侠五义》，读古龙、金庸的武侠小说，常常为主人公那些神奇的武功、曲折的经历、跌宕的命运热血上涌、唏嘘不已。

确实，侠义之行因为不同凡响，因为快意恩仇，因为一般人所不能，故而总能引起大众的向往与狂热。

但是，侠并不总是与一个“武”字相连。侠，夹人者。象形文字，引申为助人。侠者，有彰有隐，有文有武。凡是为了伸张正义，哪怕是倾其所有，也要出手相助，就是侠义；凡是为了伸张正义，哪怕是事不关己，也要打抱不平，就是侠义；凡是为了伸张正义，哪怕是力有不逮，也要直面担当，就是侠义；凡是为了伸张正义，哪怕是刀尖舔血，也要奋不顾身，就是侠义！侠之大者，为国为民！

东乡早就挣得了“侠义之乡”的名号。

前文提及的左麒的故事并未结束。左麒为了让乡民沉重的芦苇赋税得以减少，决定“上书阙下，誓以死为民请命”。可是，撞登闻鼓告御状，是要先吃一通杀威棒的，弄不好就会当场毙命。家童左恩挺身而出，怀疏到午门伏阙，竟死于交戟之下，但最终的结果是朝廷将桐城的芦苇赋税减少三分之一。一个乡绅为了乡亲毁家纾难，甚至进京冒死告御状，一个家童为了成就主人的大计，不惜以死相报相助，他们也许不会什么武功，但他们的行为又何尝不是令人动容的侠义风范！

“千古文人侠客梦。”一个“侠”字，总是离不开“仁”字与“忠”字，含仁怀义，忠肝义胆，行侠好义。一个“侠”字，从来都是思想活跃的文人心灵的呼唤。真正的文人，其精神天地里总有一缕侠义的烛照。

当南明的永历政权沦亡之后，方以智一蓑烟雨、两只芒鞋追随南明政权的时候，我们共鸣的不正是一心复萌故国的义无反顾吗？当南明隆武帝以原官庶吉士相召，方以智不应，取名“三萍”，浪迹于珠江山水间的时候，我们钦佩的不正是不愿同流合污的高洁之志吗？当在永历政权中受到排挤，方以智宁愿遁迹于少数民族聚居的湘、桂及粤西一带，过着“曲肱茅屋鸡同宿，举火荒村鬼作邻”的生活也不愿屈膝的时候，我们体味到的不正是“达则兼济天下，穷则独善其身”的英雄本色吗？当清将马蛟麟在被捕的方以智的左边放上一件清军的官服、右边放上一把明晃晃的刀，而方以智毫不犹豫地奔到右边的时候，我们觉悟到的不正是宁死维护节操的轻身重义吗？当安徽地方官要奏用他，他冲口而出“匹夫不可夺志，出世人安往，不得涅槃也”的时候，我们聆听到的不正是富贵不能淫的忠贞气节吗？当方以智行至惶恐滩头，默念起文天祥“人生自古谁无死，留取丹心照汗青”的诗句，遂投江自沉殉国的时候，我们感受到的不正是泣血死节的浩然之气吗？

“不谋万世者，不足谋一时；不谋全局者，不足谋一隅。”数度与权贵不合而离职、一生颠沛流离的陈澹然竟然有着如此胸怀天下的大格局。陈澹然恃才自负，狂放不羁，连桐城派的“家法”也敢于批判，对于权贵更是常常嬉笑怒骂，甚至捉弄，时人称之为“狂生”。其实，与其说陈澹然是“狂生”，不如说陈澹然是“侠士”更贴切——明知人微言轻，却依然放言时政得失；明知开罪于权贵后果很惨淡，却依然嬉笑怒骂以对之。如果没有一种视名利如草芥、不以心为形役的侠义精神，能够如此自由旷达、恣肆无忌吗？

东乡之所以称之为“侠义东乡”，还因其侠义有着广泛性、群体性。东乡“三十六名教”大战九华山淫僧就是很好的例证。清道光年间，东乡武术正处在鼎盛时期。忽一日，九华山传来消息，一位大内高手贾姓侍卫官好色事发偷逃出宫，辗转来到九华山落脚，却建下暗室，纠结团伙，时常诱骗和胁迫朝山进香妇女苟合。东乡人特别是那些武功高强的拳教师坐不住了。来自16个家族一共36名拳教师（后人称“三十六名教”），带着随从，乔装成香客，在九华山连破包铁山门和二道千斤闸关口，将花和尚生擒活捉。

东乡“三十六名教”及其随从都是“无尺寸之柄（权力），无升斗之粟（俸禄）”的“草根”，淫僧贾某及其团伙为非作歹的事又发生在江南，与江北的他们并无直接关联，但他们为除暴安良而毅然兴师，担当起本不该由他们担当的官军职责，从而书写了一个大大的神勇而震撼的“侠”字，至今灼灼于历史的天空之上！

岁月流转。当日寇的铁蹄踏破国门踏进东乡的时候，在中国共产党的领导下，流淌在东乡人血脉里的勇猛刚直、任侠尚义的因子便升华为同仇敌忾、共御外侮的民族精神。1940年，东乡人先后支持组建了新四军第三支队挺进团和“三三制”的桐东区抗日民主政府，标志着桐东抗日游击根据地正式形成。1941年1月“皖南事变”中突围出来的200余名新四军指战员先后经繁昌、铜陵渡江来到陈瑶湖地区，而日军误以为新四军军部转移来此。2月8日也就是正月十三，3000个日伪军水陆空立体地进剿东乡，发生了著名的“陈瑶湖之战”，桐东抗日游击根据地一时失守。在血雨腥风中，东乡人并没有倒下，而是协助新四军七师与敌人展开了拉锯战，一直坚持到抗日战争的胜利。东乡人民为全民抗战的最终胜利作出了巨大的牺牲，《枞阳县志》载，在“陈瑶湖之战”中，桐东老百姓和沿湖渔民被日军杀害了600多人，而在抗战中为国捐躯的有名有姓的东乡烈士则有230多人。东乡人用血肉铸就了一座以民族精神为内核的光耀千秋的侠义丰碑！

侠义之东乡，荡气回肠；

东乡之侠义，百世传扬！

东乡性格

我们常说北方人粗犷，南方人细腻，上海人敢穿，广州人敢吃……这里说的其实是一个地区的人们独特的性格标签。即使弹丸之地的人们有某种长期的一致性坚守与传承，但因为这种坚守与传承很难在更广大地区传播开来而被更多的人所了解，所以也不能被称为流行学意义上的性格标签。

偏偏，在只有1000余平方千米的枞阳县白荡湖以东的老桐城东乡，就有一种在安庆、铜陵两地乃至安徽省和长江中下游许多地方叫响了一两百年的性格标签，这就是东乡性格。这种性格在东乡拐角，也就是周潭镇、陈瑶湖镇、老洲镇一带更为突出。

什么是东乡性格？先来看几则故事。

东乡“三十六名教”大战九华山淫僧。清道光年间，皇宫内一武林高手贾姓侍卫官与宫女有染，仓皇逃到九华山，又时常借妇女进香之机猥亵甚至奸淫。东乡武术“三十六名教”闻听后以章冠鳌为首，道光二十八年（1848），借着农历七月三十日地藏王菩萨生日“百子会”朝山进香的名义，上九华山一举将花和尚制伏，送官法办。

桐东人民血雨腥风中支持抗日。1940年10月，在桐东民众的支持下，桐东区抗日民主政府正式成立。第二年的2月8日，3000个日伪军大举进剿，600 余名当地普通百姓被残忍杀害，但桐东民众并没有屈服，而是继续冒着杀头的危险为桐东抗日政权组织和新四军挺进团提供给养以及藏身之地，更有 1000 多名青壮年参加了新四军，其中涌现了全国战斗英雄周建华。桐东抗日游击根据地一直坚持到抗战胜利。

一位多年未曾谋面的朋友一日回村看望老父亲，遇高中同学，对方笑脸相迎，上前给了他一拳：“家来了（回来了）？晚上老子请你喝酒!”他亦哈哈大笑，回了对方一拳：“老子带了几瓶好酒，晚上到我家喝酒，陪我老父亲热闹一下!”

这三则故事正是东乡性格的写照。其一是说东乡人行侠仗义，好打抱不平。其二是说东乡人同仇敌忾，不畏强暴。其三是说东乡人讲话粗糙，连好友之间都有粗鲁的口头禅，但这些只是表象，相互交往的内含却是对礼仪的恪守与尊重。

东乡性格确是别具一格，让人心潮澎湃。都说一方水土养一方人，东乡的山最高的龙王尖海拔 674.9 米，东乡的水扬都湖（今枫沙湖、陈瑶湖和普济圩农场）鼎盛时期有 20 多万亩，仁者乐山，智者乐水，东乡靠山又傍水，敦厚坚韧，坦荡豪爽，都全了。但东乡性格何止如此？山水相依其他地方也有，何以东乡孕育了如此独特的东乡性格？东乡性格的形成与发展一定还有其他因素，这些因素又是什么呢？

东乡人几乎都是宋、元、明、清各个朝代移民而来，他们的立身之地都在三公山下。三公山地处枞阳、无为、庐江三县交界，在这样的环境下披荆造庐、开荒拓土而有尊严地生存与发展，东乡人自然学会了有无相济、患难相救、谦怀仁让、慷慨大方！东乡拐角有鹞石周氏和山边章氏两大家族。鹞石周氏一世祖文一公文武双全，“武能三十六翻身，七十二变化”，他的祖上来自汝南，他的武功是北少林派。山边章氏祖上来自福建莆田，是唐朝大将章仔钧的子孙，他们的武功是南少林派。这两大家族为看家护院，习武自然成为风气，而后因为彼此山场相接，溪水相融，田畴相连，村舍相邻，而日益姻好深广，双方的武功亦交流融合，并揉进武当拳的特点，逐渐形成了看似平常却威力无比的兼具南北少林和武当拳特点的“东乡武术”。

有人形象地说，鹞石周氏依鹞石山而立，连石头都要像大鹞一样冲天而起。山边章氏傍发洪山而居，山洪一来，宛如巨龙般奔腾咆哮。两家都是壮怀激越，气势大着哩。

是的，他们的血液里早就浸染了传统文武精神所具有的崇礼守道、正直刚强的因子。还有，东乡人曾经遭受过各类土匪和国民党顽军的骚扰与盘剥，更经历过日寇的进剿与掠夺，血与火的淬炼让东乡各大家族既重义轻财，落拓不羁，又一气同心，勇猛剽悍！

也许，正是这些一个个的特别之处，经过不断地交融、吐纳、扬弃和升华，终于造就了抱朴守直、心口一致、节孝懿行、敦义尚理，而又话糙人实、坚韧勇猛、刚正不阿、坦荡慷慨的东乡性格！

东乡的山水灵动，东乡的人文厚重。根植在如此沃土的东乡性格正在以强大的基因持续地薪火相传、喷薄激扬！

益坚所守大方伯

桐东区抗日民主政府旧址——陈瑶湖镇水圩村谢氏宗祠正厅迎面悬挂一方牌匾，上书：“大方伯。”许多前来参观的人对此茫然不解，甚至有人根据“公侯伯子男”望文生义，认为水圩谢氏祖先曾有一人获得“伯”的爵位，成为一方诸侯或者小国之君。

其实不然。这块“大方伯”的匾上文字记载它是赐给水圩谢氏谢佑的。谢佑此人委实了不得，曾受过明朝两位兄弟皇帝也是对头皇帝的赐敕褒美。“伯”在这里并非古代五等爵位的第三等，“方伯”乃是一个整体，那么，“方伯”究竟是什么？谢佑为何被称为“大方伯”？

谢佑（1411—1470），字廷佐，世居桐城清净乡（即宋元时设立的桐城东乡，明清改为清净乡），葬于陈瑶湖镇马公嘴祖茔。水圩谢氏宗谱载有《明故中奉大夫山西布政使司右布政使谢公神道碑铭》，该神道碑铭作于谢佑去世5年后的成化十一年（1475），由同时代的赐进士及第正议大夫南京礼部侍郎钱塘倪谦撰文，赐进士及第资善大夫南京吏部尚书广宗崔秀恭书丹，赐进士及第通议大夫都察院右副都御史繁昌吴琛篆额。

谢佑的了不得早在年少时就已表现出来。他“父早卒，家贫贱，（母）钱（氏）躬纺织”，但他酷爱读书，“牧牛田野间，每袖书于牛背上读，人咸异之”。艰苦环境下的勤读使他甫成童即补为庠生，此后多处拜师深造，“诸生遇暇日多事佚（同‘逸’）游，公独理课业”“越三载，经书豁然贯通”。宣德乙卯（1435）领京闱乡荐（由州县举荐应试进士），第二年，于正统丙辰科（1436）中赐同进士出身，时年只有26岁。按明代进士观政制度，谢佑被派到刑部观政，即实习。明朝开科取士以来，桐城登进士者自谢佑始。

谢佑“诗有唐人风致，书简得欧苏体”，其为官理政又怎样呢？两位对头皇帝又因何都对他特别地褒赏？

谢佑一生经历了从明成祖朱棣到明宪宗朱见深6位皇帝，其仕宦生涯主要是在明宣宗长子明英宗朱祁镇和次子明景帝朱祁钰统治的年代。谢佑正统丁巳年（1437）获授刑部陕西司主事，归家养病一段时间后于壬戌年（1442）春调户部四川清吏司主事，“莅政有能声”。他曾奉命携带官银万镒（20两为1镒）赴辽东，克服种种艰辛，账目清楚、行动快捷地完成了籴粮以充实边备的任务，不久升户部广西司员外郎。正统已巳年（1449）秋瓦剌入犯，明英宗听从大太监王振之言亲征，抵土木堡兵败被俘，其弟郕王朱祁钰被拥立为明景帝。谢佑“以公有风力改监察御史，奉敕出镇大名。练兵保境，以为京师声援。公至，修城垣，造器械，备储积，抚流移（民），训士卒，号令严明，百度振举，军民帖然”，事定还朝升郎中，复奉敕往督山西边储，接济大同宣府事，未几升广东布政使司右参政（从三品）。

1450年，朱祁钰改元景泰。这年农历六月二十六日朱祁钰对谢佑赐敕褒美，敕曰：“国家推恩臣下，必及其亲者。”所以赠其考（故去的父亲）如公官，母封太安人，妻封安人。

明英宗于1451年被释回京，明景帝明着尊其为太上皇，实则软禁其于南宫。明英宗怎能不恨得咬牙切齿？1457年，武清侯石亨等乘景帝病重发动兵变，英宗复位，改元天顺。明英宗尽管与明景帝不和，夺了他的权，但对受过这位对头皇帝赐敕褒美的谢佑同样惜爱有加，于天顺元年（1457）农历四月二十七日下旨，称谢佑“勤慎临民，治绩惟懋（美好），宜崇褒典……兹特授尔阶（官阶）中大夫，锡之诰命，以示褒荣”，并再次荫及其亲人——“加封赠其父母如制”，望他“益坚所守，益懋乃绩”。不久，谢佑升河南布政使左参政，天顺戊寅年（1458）再升山西右布政使。

谢佑之所以能够集两位对头皇帝的宠爱于一身，不仅在于他多次奉旨整饬边备，修城堞造器械，安抚流民，百废振举，更在于他所至“莅官慎勤，存心仁厚，凡所设施务使民沾实惠，前后志操始终一致”，用现在的话说，就是廉洁奉公，操守谨严，勤政爱民，不忘初心。试想，在锦衣卫特务无孔不入的统治下，曾经经手巨款、理政多地的谢佑，若稍有贪墨，稍有不作为乱作为，能瞒得过两任皇帝吗？特别是，作为前任皇帝褒美的对象，与前任皇帝死对头的后任皇帝岂有不死死盯紧他的道理？而谢佑还能得到后任皇帝的褒奖，只能说明他实在过硬得很！

谢佑在《赠章中宪公（章纶）诗》中有云：“鬓毛嗟我老，名利看人忙。”在《归桐山旧居即事》中又写道：“轩宇风凉开竹简，村田雨霁趁锄犁。”可见，谢佑虽屡膺圣眷，最终却看淡了富贵与名利，心向往之的乃是经世济民之后的田园耕读的自在与闲淡生活。成化丙戌年（1466），谢佑因风疾“具疏恳乞致仕归家，杜门养和，不干世务，奉觞寿母（捧着酒杯为母亲祝寿，意为侍奉老母），乐其天伦”。可惜的是，这样的好日子并没有享受多久，4年后便因风疾复作，故去了。

谢佑发愤求学，保持初心，由一个放牛娃历官至山西右布政使，用神道碑上的话说，乃“累承褒诩，位居方伯”。明清时每省设一布政使，有的省设左右布政使，同为一省的行政长官，为从二品，别称藩司，俗称藩台，尊称方伯。

千古高义话磐石

提到枞阳乡贤铁骨御史左光斗，人们往往会想到他的父母兄弟，想到东林党和六君子，想到他的学生史可法，也会想到万历帝和魏忠贤，但许多人都忽略了一个人，这个人就是左光斗赴死前曾将自己的父母及后事托付之人。足见此人在左光斗心目中的分量，也足见此人何等高义！

此人乃东乡义士周磐石也。

“磐石兄者，桐旧名士篁鹤公之曾孙。”这是左光斗七弟、曾任浙江巡按监察御史的左光先在《明义士磐石周公传》中的一句话。方以智在《鹞石周氏续修序》中亦提道：“篁田公当时最称博雅，其曾孙则磐石公也。”篁鹤公、篁田公即周京，弘治乙丑年（1505）岁贡。

周磐石（1580—1644），名周日耀，别号磐石。左光先称周磐石系其“舅氏礼所公独子”，可见周磐石的姑姑即左光先的母亲。写到这里，有必要纠正一下左光先、方以智关于周磐石与周京关系的说法。查鹞氏周氏崇本堂支谱中周磐石与周京的世系表，左光斗母亲为周京孙子周稳的长女，而周磐石系周稳的次子周礼所的儿子。那么，左光斗母亲应为周京的曾孙女，周磐石应为周京的玄孙。相较于方以智、左光先的说法，笔者认为鹞石周氏世系表应该最为准确，当予采信。

周磐石8岁称孤，后依母刘氏归陈家洲的外祖父刘心月。刘心月一生居无定所，四处访求成仙之道。刘氏因担心刘心月，只好带着年幼的周磐石随他一起浪迹天涯。后来，刘心月病逝于四川，不久刘氏亦抑郁而终。此时的周磐石只是一个13岁的少年，却以超出常人想象的勇气和毅力，背负着亲人的骸骨，辗转于千山万水，终于回归故乡！周磐石的悲惨遭遇及难能可贵的崇礼尽孝，使得左光斗的母亲对他疼爱有加，左光先说："余胞兄弟九，得兄而十。"

周磐石不好读书，考了一次秀才失利后，便终生不再追求科举。他落拓不羁，却又分外注重名节，一方面乐义好施，"囊无余钱，日以周急济难为生活"，且"煦濡颇似老妪"，对人，就像慈祥的老奶奶那样温和惠爱。另一方面一诺千金，左光斗、左光先兄弟长年在外为官，左光斗"宦远，膝下以定省属兄"，"属"通"嘱"，左光斗远离家乡做官，将对自己的父母晨昏定省、照料日常的事情托付给周磐石，周磐石"谨晨昏罔懈，两白发亦不能晨昏离"。左光先和他的弟弟的家事，周磐石也一并关照了。这种事情看起来不大，但贵在一诺千金！难怪左光先说，他和他的弟弟"两人之心碎矣"。

周磐石最为突出的特点是侠肝义胆，疾恶如仇。"遇大不平，则冠发冲裂……赴冤之勇决常过负冤者意"，遇到不平的事，为其洗冤昭雪的意志勇气竟然超过了当事人！乡里有个姓许的，在族中势单力薄，但家境富饶，于是便被族中狡猾之徒所虎视眈眈，恰巧他新婚妻子仅怀孕7个月而生下一个儿子，族中那些狡猾之徒便告到官府，硬说这名新妇产下的孩子不是许某的血脉，而官府判决将这位新妇扫地出门。周磐石听说此事后愤愤而归。吃午饭时，念起此事，竟然生起了大闷气，当着左光斗的面吐饭摔筷子。左光斗笑问，外头究竟发生了什么事，让吾弟如此不胜愤怒？周磐石没好气地回道："许家有人硬说自己族里的某人新妇所产不是他的亲骨肉，官府也这样断案了，这其实是借虞伐虢，借官府之力让许某断子绝孙，继而霸占他的家产。现在有能力帮他的人却不肯出面，而我虽有心却无力，只能生生闷气嘛，这有什么可笑的?”左光斗一听，立即收起笑容，赶紧向周磐石赔不是，并召集乡里一些好义之人，呼吁官府重判，此事才得以平反。那位重归夫家的女人，第二年又生下个孩子，还是7个月而生，冤情这才大白于天下。

左光先又提到明季奇人周岐："以幼孤，困于族孽，茕茕不保，兄奋力翼之，厝危为安。且为综家业、儆课读。”见孤儿周岐被族孽欺负，周磐石果断地予以解救，并为周岐聚合家业，延师攻读，遂使“学成誉立”。

其实，这中间还有一个感人的故事。周岐的父亲乃启吾公，左光斗的岳父。周岐的一生好友方以智所作《鹞石周氏续修序》载，启吾公“竟以直婴珰祸，而磐石遂行廉范魏邵之行”，婴同缨，缠绕、系牵珰，汉代宦官帽子上的装饰物，借指宦官。廉范，廉颇后人。东汉陇西太守邓融被捕下洛阳狱，廉范到了洛阳，更名改姓，做了一名狱卒，尽心侍奉曾经很恨他的邓融。邓融怀疑他是廉范，廉范却斥责他看花眼了！邓融病死后，廉范又将其灵柩送归故里。魏邵，东汉人。河东太守史弼拒绝权贵请托，遭宦官侯览诬陷，被逮入京，吏人莫敢近之，魏劭变卖家产，诈为家童，贿赂侯览，使史弼得以减刑。启吾公受宦官迫害下狱了，周磐石如同廉范、之于邓融、魏邵之于史弼，对启吾公不惜毁家相帮，不怕株连相助！这种义行在方以智的眼里，自当如同廉范、魏邵一样烛照千古！

周磐石将个人荣誉乃至生死置之度外的正直担当、豪侠赴义的精神，在左光斗遇难的关头，表现得更加突出。

《明义士磐石周公传》载，左光斗因弹劾魏忠贤等三十二斩罪而受到迫害。此时，一些人生怕受到牵连，对左家避之唯恐不及，而周磐石却站了出来，在得知左光斗即将被捕入狱的消息后，他慷慨激昂地说："昔皇甫规耻不与党，此正藉报知己之日，安敢望门投止乎?”这里有两个典故，“皇甫规耻不与党”说的是东汉末兴起党锢之禁，天下许多名贤皆遭牵连，名将皇甫规一向以西州豪杰自许，如今天下英雄都入狱中而他独在狱外，他以没有与这些名贤结党为耻，上书朝廷称自己是他们的党附，请求与他们一起坐牢！“望门投止”说的是东汉张俭受迫害而逃命，“困迫遁走，望门投止”，在窘迫中见有人家就去投宿。周磐石认为，皇甫规以没有与贤士结党为耻，他自己也这样，现在正是报左光斗知己之恩的时候，情愿和左光斗一起坐牢，怎敢随便找个地方存身避祸呢？这番话掷地有声，其大义真可谓惊天地泣鬼神！

后来，周磐石化装后赤脚找到押送左光斗的囚车，在还未接到皇帝定罪诏书的时候，对那些差狱“计将剪之”，“逆珰”即为首的宦官以同罪连坐相威胁，“兄不惧也！”何等大义凛然！左光斗拦阻，周磐石方才作罢。

左光先说，左光斗遂“自分完节，以张千载属兄”。“完节”，即保持节操。“张千载”的故事说的是，文天祥发达时，好友张千载（别号一鹗）刻意避让，不愿沾光，而当文天祥兵败被囚后，张千载寓囚所近侧，三年供送饮食无缺，其间还冒险将文天祥在狱中写的诗文传带出来。文天祥被杀后，张千载冒着杀头的危险将文天祥的尸骨偷藏在木椟中带回，付其家安葬。明代思想家、文学家李贽赞其“生死之交，千载一鹗！”周磐石“不幸蹈千载故事，多方扶榇（棺材），一日数惊……”如同张千载对待文天祥一样，冒着株连的危险替左光斗收尸，尽管每天都有惊心的事情发生，尽管关山重重、水路迢迢，却坚持与左光斗弟弟左光明之子左国柱一起扶棺送归故里。《桐城耆旧传》亦载：“左忠毅公被逮，周独随槛车至京。忠毅死，扶其榇归。”

这是怎样的侠义与忠毅啊！

崇祯十七年（1644）农历三月十九，崇祯帝上吊自尽。左光先说：“穷乡闻之，乃在五月初五日，（磐石）仰天一恸……邻族曲慰，弗听，绝粒九日，允血数升而卒。”周磐石为崇祯帝殉身了，将忠诚推到了顶点。周磐石去世 133 年后，乾隆皇帝于乾隆四十二年（1777）下旨将其崇祀于忠义祠。

方以智把周磐石比作烛照千古的廉范、魏邵，左光斗把周磐石视为“生死之交、千载一鹗”的张千载，左光先则对周磐石“拭泪”感慨：“吾不难兄之阴阳扶掖生死去来，而难于得兄之肺肠于古今人之不一二!”行文至此，我对“义”字终于又有了进一步的理解与认识，“义”就是在路见不平时的拔刀相助，而不是明哲保身的装傻；“义”就是在遭遇贫弱时的热心周济，而不是麻木不仁的冷漠；“义”就是在参与其中可能祸及自己时的挺身担当，而不是贪生怕死的避让！

是的，当周磐石“日以周急济难为生活”的时候，当周磐石“遇大不平，则冠发冲裂”的时候，当周磐石“晨昏罔懈”照料左光斗父母日常的时候，当周磐石为“困于族孽”的周岐“奋力翼之”的时候，当周磐石面对“直婴珰祸”的启吾公“遂行廉范魏邵之行”的时候，当周磐石对于蒙冤入狱的左光斗道出“皇甫规耻不与党”的时候，当周磐石冒着杀头危险“不幸蹈千载故事”扶着左光斗的棺材送归故里的时候，一个千古罕见的怜贫惜弱、古道热肠的形象，一个一诺千金、忠信仁义的形象，一个侠肝义胆、耿直刚强的形象，一个挺身担当、义薄云天的形象，便在传统的忠义文化中矗立起来，便在浩瀚的历史长河中鲜活起来！

濂溪分得古泉来

听说我要去拜谒周大璋墓，周潭镇施湾村原书记周建斌先生冒着盛夏酷暑，提前用镰刀砍去荆棘，开出了一条通往墓地的曲折山径。一个秋老虎肆虐的上午，我和两位友人在周建斌先生和周潭镇文化站左文先生一行的相伴下，大汗淋漓地爬上了位于宋家嘴之阳的一座小山包。此地三面皆山，层峦叠嶂，蔚然深秀，左边不远处，一条溪流自山间撞石而出，循山脉往右约五里许，便是被周大璋称之为“青葱秀特”的鹞石周氏肇基的鹞石山，正前方则是周大璋所描绘的“每至春潮怒发，巨鳞长介出没于烟波浩淼间”的枫沙湖。当然，此时已届仲秋，枫沙湖已是水波不惊，澄静如练了。

周大璋墓地掩在一片细竹林里，墓冢上长满了杂树和细竹，占地面积 10 平方米左右，墓碑宽一尺五寸左右，出露地面的高度不过三尺，连石砌祭台都没有一道，很是寒酸，如果不看碑文，很难相信这就是赫赫有名的周大璋的墓冢。

也许，这样的墓冢正是周大璋清廉家风的一种延续吧?

周大璋究竟何许人也？有同行的人发出了这样的疑问。我说看碑文吧，墓碑右边文字是：“兵部右侍郎兼都察院右副都御史……受业门人张若震拜题。”张若震是张廷璐的儿子，在这里自称“受业门人”，可见是周大璋的学生。碑文正文是："皇清诰授文林郎常德府龙阳知县理学笔峰周公之墓。"我说："答案就在碑文中，'理学'两个字点出了周大璋一生的追求与成果，周大璋是一代理学宗师！"

周大璋（1669—1738），字聘侯，号笔峰。翰林院编修山东道监察御史赵青藜撰《周笔峰先生墓表》，对其生平作了周详的介绍。

周大璋孝友可风，清贫家传，诗书世守，英年独步。学台魏一斋曰："余两试皖江，所首拔士，皆周生大璋也。"与相国张廷玉同时补博士弟子员（县学生员），但进身缓慢，54岁中雍正二年（1724）甲辰科三甲进士31名，57岁获授龙阳县令。

周大璋皓首穷经，成一代理学宗师。学台魏一斋过桐城谒相国张英，张向其介绍周大璋潜心理窟已垂20余年。魏一斋招周大璋至署，阅其所订《四书诸子大全精言》，晰朱（熹）程（程颢、程颐）之言以明孔孟之道，实为难得，可刊行世。但周大璋谢之曰："朱子之书浩渺微妙，尚不得其所以言。"又继续精研润色。司成胡袭参先生曰："精而不自以为精者，子之慎也；精而必欲求其精者，子之志也。"后来书出，天下以为宗之。对于初学者苦其浩博不容易通晓，周大璋乃又著《四书正义》一书，仿朱子训蒙口义，开卷了然，以为启蒙之要。又撰《朱子古文读本》等。

周大璋有诗《滴水岩》："迢遥径转树苍茫，雪洒晴空六月凉。浑似明珠非蚌出，巨灵翻信有奇方。甘霖万点白云限，清冷玲珑泻碧苔。每过松楸频徙倚，濂溪分得古泉来。"根据诗中描摹的意象、意境和周大璋的经历来看，诗中的"滴水岩"当为铜陵凤凰山的滴水岩。滴水岩东侧的山坡上，卜葬着鹞石周氏二世祖庆二公，康熙五十一年（1712）至五十八年（1719），因庆二公的墓园遇到侵扰和盗掘，周大璋等人先后多次前往当地进行交涉，以至无奈地上诉到铜陵县衙，继而购祭田，扩墓园，植松柏，立界碑。这期间，周大璋与滴水岩数次不期然地相对，诗兴大发也就成了自然而然的事了。

《滴水岩》似为一首七绝，清新隽永却又气势飞动，目视方寸却又神思海空，更有穿越时空的奇特想象——滴水岩之泉水乃由宋明理学鼻祖周敦颐舍旁濂溪分流而来。咏物言志到此，水到渠成地道出了自己的初心愿景与学术渊源！

的确，周大璋穷毕生精力，以精言、正义等形式，对于周敦颐发端、朱熹集大成的宋明理学阐微发幽，而又自成一家，言约而道大，文质而义精，突出纯粹至善、仁爱至大、知行至美。赵青藜称周大璋德行化臻，著述精详，重当时而传后世，与周敦颐一脉也。张英次子相国张廷玉曰："聘候行谊（品行，道义）醇懿，虽处贫困，未尝有诡随悖道之举，而平居嗜古力学，发为文章，宜之评论，亦遂不戾于道。"张英三子礼部侍郎张廷璐称周大璋："以理学文章树东南坛坫，著书等身，衣被海内。"张英则曰："（周大璋）间与予论四书之旨，皆实见圣贤精意之所以然，著四书精言，芟烦汰异，折衷尽善，而又时出特解，扩前人所未发，是诚至道之干城，经传之羽翼也。"权高位重却又满腹经纶的父子三人均对周大璋推崇备至，赞誉有加，堪称千古佳话！

周大璋弘道授业，所到之处皆"圈粉"。周大璋曾多年被张英延于家塾，张英谓："诸孙皆执经（周大璋）门下。"并赞周大璋："天才隽异，苦心力学，以研求理道之所归，方严端谅，言模行范……学邃而品高，卓然有道之士。"周大璋龙阳公务之余，集诸生于明伦堂讲学，诸生素读公书，此时当面聆教，感佩不已，悉纪所闻编为《龙阳讲义》。雍正己酉年（1729），因年老，自请改任华亭教谕，本其生平所学乐育群英，当地诸生受益匪浅，相告曰："濂溪来矣！"直称大璋为敦颐，敬慕之情可见一斑。有学政题额于堂曰："玉镜澄县。"雍正辛亥年（1731），周大璋被聘为江南通志局总裁，数年书成，返华亭。乾隆二年（1737），又被聘为紫阳书院山长，仿朱熹考亭、白鹿洞规则讲学，数月文治大行。

周大璋勤政爱民，赢得两块德政碑。雍正五年（1727），周大璋赴任湖南龙阳县令，途遇荆襄安乡大饥，周大璋奉委发赈，不辞辛劳，按籍勘察百姓之苦，一户不漏，稻蟹无遗，得谷仅千石，苦不能为继，于是力请上官得二千石，亲自给散，不假胥吏之手，以防克扣。当地百姓勒碑县厅之左，以记其功德。龙阳地处洞庭湖之滨，恰湖堤毁坏，民多流离失所。周大璋请帑重修，不避风雨饥渴，日夜驾扁舟停水滨，监督官吏不得侵扰百姓，流民奔走相告，同来筑堤。功成，民感其德，又建德政碑于县雉门间。

周大璋孝亲睦族，竭尽所能扶贫弱。自身清贫，但族中子弟能读书者，延师教之；贫乏不能自给者，则捐囊助之。且独力为数位贫困族人安葬，使宗党无暴露之骸骨。

两邑德政碑所由立，《龙阳讲义》所由编，“玉镜澄县”之额所由赠，族中贫弱所由安，皆因周大璋行修言践，知行合一，亦为“羽翼圣经（四书五经）”的周大璋学说作了精妙注释，立下传播与弘扬的实践标杆，烛照人心，影响深远。周大璋去世 86 年后的道光四年（1824），桐城诸儒 20 余人为道究本源、理穷根柢，以彰理学事，申详县、府、藩司，称其孝友传家，文章经世，一洗浮薄之习，卓然理教之宗，制行立言为坊为表，植品立学，可法可传，谱牒可堪追承濂溪，而远绍千百载之统绪，请求在县学明伦堂悬设理学匾额，备录著作并附列赵青藜《周笔峰先生墓表》，将周大璋事迹载之志乘，锡以旌扬。经布政司核议，一切照准，其中明令将周大璋事迹载入正史儒林传。

周大璋 69 岁以疾终于华亭官署，乾隆四十五年（1780）由其次子薪传（哲缉）卜葬于宋家嘴之阳。除赵青藜作《周笔峰先生墓表》外，同里左君岐山为志铭。现存周大璋墓碑落款为“道光二十八年(1848)”，由一干族孙叩立，当为后世重修。

从佣耕者到建威将军

周南寿是一个被传得神乎其神的清朝将军。有人撰文称他系云南总督，光绪帝对他很赏识，亲书“威震黔南”匾额，悬于鹞石周氏宗祠，但该匾额现已不知去向；有文章说他打仗常有一只猴子和一只鹰相伴助力，中法战争前夕，因生气射死了猴子，致在战争中失去保护死亡；又说他是孤军深入，法军用火攻，致他葬身火海。

那么，周南寿的真实人生究竟如何?

查证中，偶得一本回忆录《无尽的思念》，系由周南寿曾孙也是笔者高中老师周美标所著，该书由老师的高徒中国传媒大学艺术学院教授、博士生导师施旭生作序。顺着该书又查到民国十五年（1926）刻本的鹞石周氏友于堂《鹞石周氏宗谱》，卷二十四中除收有《如南（南寿其字）军门履历》，还有《如南公传》和同治皇帝诰封南寿亲人的一系列圣旨。这些资料终于拂开了笼罩在周南寿身上神秘的外衫。

周南寿（1836—1884），字寿昌、南寿，号如南，陈瑶湖镇高桥村人，曾在陈瑶湖镇虾溪村周庄购买宅屋短住过。由于长年在外征战和家室时有死亡等原因，先后迎娶过周、傅、严、邹、蒋氏五位夫人。

幼孤困窘，勤习苦练一身卓绝刀马功夫

周南寿5岁失怙，7岁丧母，依祖母长大。幼时从塾师读书，初通文墨，稍长，从师习武。后因家境窘困，辍学为人佣耕，空闲时仍不忘

习读文史，勤练拳术，熟研兵法，交友结朋，10 来岁已能弓身跃墙上屋，悄无声息。1858 年清明节，在一场别开生面的比赛中，共有 11 人举起了重为 275.5 斤（旧制老秤）的周潭鹞石周氏宗祠门外的石狮，周南寿夺冠。周南寿曾惯使一把青龙偃月刀，该刀如何得来，已不得而知，大刀连同饰品重达 82 斤（亦有人说不过 40 多斤）。1950 年春，此刀由陈湖区武装部派人从周美标老师家中抬走，层层转送安庆，现可能陈列在安庆市博物馆。据乡人回忆，周南寿回乡修墓期间，有乡亲问："南寿公，能不能骑马捋起地上的东西？"周南寿笑说："试试看吧。"一乡邻飞跑回家拿来五只鸡蛋放在地上，周南寿飞马向前，在马背上一个后仰，坐起，一侧身向下，伸手触地一捋，跃身坐回马背，调转马头，飞奔返回原地，跃身下马伸手向拿来鸡蛋的乡亲如数奉还，一只不碎，众人啧啧叫好。据周美标老师的《无尽的思念》一书载，周南寿 13 岁时因功夫了得，扮作钱姓搭档的书童，有幸参加了惩治九华山恶僧的战斗，成为声名远播的东乡"三十六名教"之一。

屡立战功，获记名提督并达春巴图鲁名号

1860 年 7 月，时在陈家洲为人佣耕的周南寿瞒着家人，与几位拳友一道跑到了江浙地区，几经辗转，于 1863 年 1 月在江苏太仓投身淮军李鸿章麾下，很快获赏游击衔顶戴。后来，不幸腿部中枪，始知热兵器洋枪比冷兵器大刀厉害，遂改学枪，将惯使的青龙偃月刀留在了家中。1864 年 5 月谕旨交军机处记名，遇有总兵实缺即简放，并赏给二品封典。再后，李鸿章委他总理盛军营务处事宜。1868 年 4 月，以一等军功从优议叙。随后，又陆续获赏达春巴图鲁（满语勇士）名号和正一品封典。1872 年 9 月，获授贵州安义镇总兵，但并未及时赴任。1873 年 4 月，奉调驻防天津小站垦屯田建城垣筑炮台。1879 年 7 月至 1880 年 6 月，乞假回乡兼资修墓，销假后，先后被奏留办理铭武等军行营营务处，驻扎江阴堵御海防。1882 年 10 月，始到贵州赴任。

投身抗法，督兵镇南关外忧愤成疾卒于军中

1883 年 12 月 11 日，侵占越南的法军突然对驻守在越南山西的清军和黑旗军发动进攻，中法战争爆发，清政府虽早知有战，但未早作战争准备，直到战争爆发才仓促调兵遣将。周南寿早已摩拳擦掌，希望再能“横戈马上”。在李鸿章的举荐下，周南寿统讲究利器的 10 营淮军约 4000 余人赴越作战。《中法战争》载，清政府指示督办广西关外军务的广西巡抚潘鼎新“务即督率所部，星夜前进，相机督办”。周南寿与副将蒋宗汉、记名提督苏友升进占郎甲及以北地区，由屯梅、观音桥一路前进，与向老船头进发的署理广西提督苏元春 10 营约 5000 人分东西两路，形成掎角之势。前福建布政使王德榜统 20 营约 10000 人，由牧马、高平一路攻向太原，籍分敌势。潘鼎新自率 6 营约 3000 人在谅山整理操练，以备两路策应，并防那阳分窜之敌。《如南公传》载：周南寿率部奋勇杀敌，“然瘴雨蛮烟，兵触之多死。数请朝廷益兵不报，而主帅复畏葸不前，遂忧愤成疾，（1884 年 9 月）卒于军中。朝廷闻之甚悼，下诏褒崇，照提督军门功成病故例优恤，封建威将军世袭云骑尉”。

好做善事，天津小站贵州花江商民共颂其德

周南寿 1873 年 4 月受命统带前军三营驻防天津小站，一方面筑城垣炮台，加强战备，一方面效先人寓兵于农之策，开屯田、筑新城，历时 3 载，使“兵食足而民不病”，深得朝廷和百姓赞誉。在贵州安义总兵任上，时花江河两岸山路崎岖陡峭，其间石梯倾覆毁坏不下 30 余里，民商往来交通受到严重影响，却又无力维修，苦不堪言。周南寿慷慨捐银 2700 余两，不到一年，路宽道畅，商民共颂其德。

周南寿卒于军中 18 年后的 1902 年，贵州方面派人送回周南寿生前主要用物，根据当时清朝军机处和户部意见，择其生前之衣冠在今陈瑶湖镇石林嘴礼葬衣冠冢，又将他仙逝的诰封宜人傅氏和邹氏移墓一穴。

2002年因合铜黄高速公路建设，迁到陈瑶湖镇青山双凤庵附近。

“威震黔南”匾额已不存，“云南总督”头衔属于讹传，猴子和鹰护佑也只是传说，周南寿死亡的那一刻似乎也不怎么壮烈。但他从一名佣耕者成长为一名横扫沙场直至为国捐躯的将军，其报国爱民的情怀，卓绝的武功、战功，以及生前获记名提督并获达春巴图鲁名号，死后诰封建威将军等等，却是确凿之事实。

周南寿逝后，李鸿章、左宗棠等人都有挽联相送，可惜大都散失，唯一幸存的是一副多达110字的挽联抄本，署名周梅村。这副长联精准而又艺术地概括了周南寿的重要功勋与心忧社稷的情怀，读来令人热血沸腾、感慨万千。

曾有惊天动地文

他是一位颇有传奇色彩的人物。他加入过国民党，最终却自动脱离了国民党。1946年意外地英年早逝，宋美龄送其挽联。有的资料还显示，他曾兼任蒋介石的家庭教师。学术上，跨文学、历史与政治等多个学科纵横捭阖，最突出的是，在日寇侵华、战火纷飞的境遇下，以著作昭示了中国对于台湾拥有一贯之主权！

他，就是周荫棠（1905—1946），字汉南，枞阳县陈瑶湖镇（今属铜陵市郊区）虾溪村人。

含悲忍辱勤读书

荫棠先生父辈种植黄烟，并贩运到芜湖、南京等地，家境尚可。不幸的是，其3岁时，祖父故去，6岁时父亲早逝。一门孤寡，夙遭觊觎和敲诈欺凌，幸得祖母带着母亲操持家业，坚持让他和兄长祝多接受文化教育。他7岁起先后师从横埠镇王笑崖和左笔喉两位前清秀才读私塾，曾在《祭兄文》中描写过在含悲忍辱中祖母陪伴自己勤读的场景："自清晨以至夜分，严师课读。一灯荧荧，大母、吾母，则纺绩西厢以待，机声、书声，凄然相应，及归就寝，吾视之，泪痕条条犹可辨于残灯瞳瞳之中也。吾时虽小，犹能记忆，兄年较长，悲当若何？"

荫棠先生12岁与其兄一道前往庐江莲屏山麓古刹就读，“负笈曳履，往来深山巨谷中，一日或里须行百”（《祭兄文》）。再二年考入安庆圣保罗中学，此时家中迭遭水灾和盗抢，其兄无奈辍学料理家政。及后被迫举债，10余年间偿还的债务数倍于原本。偏偏“行船又遇打头风”，1927年秋群盗又来家中抢劫，且劫后举火焚烧了屋舍，而安庆圣保罗中学系教会学校，收费昂贵，但祖母依然坚持供其读书。

1929年，荫棠先生考入教会大学金陵大学文学院文史系，师从章太炎先生的弟子黄侃。就读期间，即被国民革命军遗族学校找去兼课，获得学士学位后遂在该校任文史教员。《枞阳县志》关于荫棠先生曾兼任蒋介石家庭教师的记载，实属不确，他的小儿子昂岳亦对此明确否认。大概是因为蒋介石和宋美龄分任遗族学校校长和校董，人们在传播过程中张冠李戴了。

在遗族学校，荫棠先生充满爱心，任劳任怨，多才而不孤傲，认真而不古板，坦诚而不奸巧，热情而不谄媚，赢得师生普遍敬重，也深得蒋氏夫妇赏识。

挣脱包办结良缘

家中曾为荫棠先生包办了原配吴氏。吴氏系枞阳县义津镇人，但满脑子“新思想”的荫棠先生怎会就范？于是以上学为由逃婚，与吴氏并无婚姻之实。荫棠先生的祖母作为一家之主，以慈爱抚慰了痴情的吴氏，以宽怀放过了逃婚的荫棠先生。

抗婚取得胜利的荫棠先生，自然要追求自由的爱情。他有一位交往甚笃的同乡加同窗好友，此人叫余来成，枞阳县会宫镇人，精通古文、英文、历史、地理，后亦成为有名的教授。经余介绍，荫棠先生与余妻妹王禄贞（后来叫王禄臻）相识，王毕业于苏州景海女子师范学校，并学过声乐与钢琴，是美丽贤淑而又多才多艺的苏州姑娘。荫棠先生英俊潇洒，才情横溢，幽默却不油滑，潇洒时尚却不装腔作势，很快俘获了王禄臻的芳心，才子携美女游苏州、逛金陵，红袖添香，意气风发。二人于1936年春天在芜湖某教堂举办了婚礼，琴瑟和谐，举案齐眉，一时传为佳话。

结了婚，自然要回家乡。听到这一消息，吴氏便剃发当了尼姑。所幸的是，王禄臻很大度地找到吴氏，劝她不要任由如花的容颜在一豆青灯的陪伴下无谓地老去，应找一个合适的人家嫁了，可是在吴氏看来，那样更加“没脸”了，死活不依。王禄臻考虑到吴氏在周家总比出家要好，于是苦口婆心地把吴氏请回了周家。

后来，荫棠先生的儿子们一直尊称吴氏为“姑姑”，荫棠先生的孙子辈一直尊称吴氏为“姑奶奶”。新中国成立后，吴氏的生活费一直由王禄臻寄给，待荫棠先生的小儿子昂岳大学毕业后，便一直由昂岳寄给。吴氏直到1975年在荫棠先生老家虾溪村终老。

烽火遍地逃何处

“七七事变”后，日军发动全面侵华战争。荫棠先生“南京沦陷，载书与稿，径归里门，闭户写作，无意外出”（《台湾郡县建置志》），但与南京曾经同属江南一省的桐城怎会是远离战火的后方？“其后日军猝至，桐城亦陷”，1938年5月，荫棠先生又只得挈妇携儿，并带领侄子周昂驹、表侄左若书和远房小弟周辅仁3个读高小的男孩，一起仓皇流亡，辗转找到搬迁至长沙郊区丝毛冲的遗族学校奶牛场。其间，日寇飞机多次来长沙轰炸，在大家的眼皮底下，许多平民百姓被炸得血肉横飞，死者面目难辨，有的还缺手或缺脚，有些残肢被炸飞挂到树枝上，地上还有一堆堆的碎肉，分不清人形。经常目睹这样的惨状，国仇家恨的种子埋在每个人的心里。

不久，武汉失守，长沙危在旦夕。无力回天的荫棠先生在长沙住了5个月后，又被迫带领全家于一年多时间里第三次逃难。遗族学校奶牛场全体工作人员及教工家属，还有八九十头奶牛，雇小轮及木驳船20

余艘，从长沙经洞庭湖、沙市，共行驶了 20 多天，抵达宜昌。

可是，此时仅有 2 平方千米的弹丸之地宜昌，却集结了由上海、南京、武汉等地抢运到此的 9 万吨军工器材、军用物资、机器设备和 10 万难民。奶牛场不得已，在东门外郊区的天主堂旁边坟场上搭起了帐篷，人与奶牛一起住，但日本的飞机已开始对宜昌进行狂轰滥炸。

一个文弱书生携着一大家子，又怎能在宜昌存身？唯有继续逃亡！过了 20 多天，才由招商局登记排队上了轮船，逆流而上。经多日航程到达山城重庆，住在上清寺巴蜀中学内，在中学操场搭起了奶牛棚。当时日寇飞机不断来重庆轰炸，有时警报几天都不能解除，还发生了万人闷死于隧道的惨案。

1938 年 12 月，荫棠先生全家乘木炭汽车，在烽火弥望中又流亡到成都华西坝，受聘于迁到此地的金陵大学，租房住在大红土地庙巷。

在漫长的颠簸动荡、生活困窘的辗转流亡中，荫棠先生不光携着自己的妻儿，还带着 3 个处于“叛逆”期任性调皮的亲戚家小男孩，为他们读书、温饱和安全操心，承受了何等的压力，又付出了何等的慈爱！

古史新论推“民本”

方以智在《鹞石周氏续修序》中称赞鹞石周氏“数百年间人地蔚荟，诗书酝藉，皆善暗（闭门，意指自行修炼）修节义之行，为一方景表”。鹞石周氏这种注重诗书礼仪的传统深深地影响了荫棠先生，他曾为鹞石周氏诜羽堂下思安支堂作一副对联：“潭上独峰青，看山前势走龙蛇，灵气至今钟鹞石；棠荫古树绿，愿我辈躬培桃李，春风依旧属周家。”又曾自创一自勉诗联：“惟有诗书能养性，不嗜烟酒可长生。”还曾在一张自己坐在书斋里的照片上题龚自珍的诗句：“拥书百城南面王。”可见他最大的嗜好和追求就是读书做学问，教书育桃李。

而在“诗书”之中，荫棠先生最喜欢研究故纸堆，但他并不是两耳不闻窗外事，而是坚持“古史新论”，试图从故纸堆中为现实社会提供一种治理的参照，寻得一份改造的方剂。

荫棠先生在研究文学史的时候，从文学切入，却直达人的政治思想。事实上，翻开中国文学史，文学总是与政治关联。诚如荫棠先生在《读柳文》中指出："尝窃谓政治家之精神与文学家之襟抱，其揆一若合符节，剏造，革新，求真，置世俗之是非，得失，爱憎，而不顾，固二者之所必俱而未尝或异者也。吾国有史以来，其以皎洁之身，庄严之心，温柔敦厚之情，腹充热血，眼迸热泪之文杰，出而从政，匡时济世，夙兴夜寐，务行其道者，何可胜数！"

在文学史研究中，柳宗元的"民本"政治思想最为荫棠先生所推崇，其《读柳文》被公认为是 20 世纪较早的且为数不多的对柳宗元的政治思想进行探讨的文章。荫棠先生在文中表示："楚屈原，汉贾谊，唐韩愈与柳宗元，其最著之例也。然吾独于柳尤有感焉。"荫棠先生指出，柳宗元的政治学说有三点值得注意：一曰，辟神权也；二曰，武力说也；三曰，德治也。"柳氏以为国家之成，君主之立，非受命于天，乃得之于人。原始人类，日以杀为事。必也强有力者出，威足以摄之，智而德者出，政足以怀之，于是人民相约而归心，政府用是而安定，力与德者，国家之要素也。"

1935 年春，荫棠先生拜谒苏州天平山范仲淹墓之后拍了一张照片，用漂亮的行书在照片上题道："而余最慕范文正之为人。"范文正公最打动人心的不就是"先天下之忧而忧，后天下之乐而乐"的忧国忧民的情怀吗？荫棠先生还曾专门谈到"治学"为文和"治世"为民，说"大抵治学之道，欲其精与创；治世之道，欲其简与易"，并进一步指出："政不简不易，民不有近。平易近民，民必归之。"

荫棠先生 1941 年 5 月发表的《中国历史的一个看法》一文，谈到辛亥革命时指出："清朝的灭亡，不是由于铤而走险的民变，乃是由于激于大义、处心积虑、具有计划的士变。"历史学者罗志田称"这是一个很有启发性的见解"，青年学者羽戈撰文《民变与士变》进一步指出：

“相比渊源有自的民变，士变应出自周荫棠的发明。它的立意，正针对民变而言。二者之别，不在领袖——民变同样可能由士（知识人）所领导，如洪秀全——而在参与的主体，顾名思义，民变的主体是民，士变的主体则是士。”也就是说，荫棠先生用所发明的“士变”一词，指出了辛亥革命局限于“士”及其相关的阶层，与民众几乎无关，这在实质上道出了辛亥革命具有肤浅、妥协、不彻底等特质。荫棠先生的宏论对社会革命无疑是有着重要的启发意义，而且与毛泽东关于辛亥革命的论述相契合：“辛亥革命，乃留学生的发踪指示，哥老会的摇旗呐喊，新军和巡防营一些丘八的张弩拔剑所造成的，与我们民众的大多数毫没关系。”

管弦当记昔追胡

被荫棠先生视为“邦本”的民众，却惨遭日寇铁蹄的蹂躏。逃出日寇的势力范围，避免沦为“帮凶”“走狗”“汉奸”，成了许多爱国知识分子无奈而又坚定的选择。南京沦陷前，荫棠先生明白地对侄子周昂驹说：“我们不当亡国奴，绝不给日本人做事。”于是，携全家开始了艰辛的流亡生涯。

逃出来，活下去，当然是对日本人的抗争，但仅有这一点还远远不够。鹞石周氏家规第一条“训子孙”明确提到：“务使德器成龙，以为国用，光显门户。”荫棠先生的思想自幼就深深地烙下了“家国情怀”的印记。虽手无缚鸡之力，不能拿上刀枪直接与日本鬼子搏杀，但在荫棠先生看来，为中华文化的薪火相传竭尽绵薄之力，当是文化人最有力的抗争。

在辗转流亡中，荫棠先生先任中华平民教育促进会文史研究员，后应聘为迁到成都华西坝的母校金陵大学文学院历史系讲师，再后来被湖北省立教育学院聘为教授兼国文专科主任，最后于 1941 年被教育部聘为西迁湘西辰溪县龙头垴的湖南大学政治系教授，专教政治史与政治思想史。

国民党消极抗日、积极腐败，使民众的处境更加水深火热。这一残酷的现实深深刺激了一向推崇“民本”思想的荫棠先生，他在遗族学校的时候加入了国民党，但到了1939年以后，每月工资袋上党员月捐一栏内再未出现交纳党费的记录，也就是说，他自动脱离了国民党，成了民主人士。1943年8月至1944年8月，他还参加了为期一年的“驱李护校”运动，驱离了忠实执行蒋介石反共政策、在长沙曾经弹压过学生运动的国民党党棍校长李毓尧。因此，荫棠先生受到了国民党党棍的监视。所幸的是，大概因为社会上流传宋美龄对他很赏识，他奇迹般地逃过了残酷的人身打压。

在湖南大学，荫棠先生把中华传统文化的元素糅进政治教学中，使得课程变得有趣起来，让听众在生动的阐释中，能够更好地辨明爱国的政治方向，更加坚定抗战到底的信念。每到讲课之日，经常出现一座难求的盛况。

抗战时期的湖南大学，安徽籍流亡学生数以百计。荫棠先生倡导成立了湖南大学安徽同乡会，并担任主席，组织学生开展互助，举行劳军活动，为抗日士兵代写书信，征募寒衣，缝补军衣。有许多安徽学生家在沦陷区，得不到家中给养，而当时物价高涨，通货膨胀，公教人员固定工资无法维持生活，荫棠夫妇身边还有几个亲戚家的孩子要抚养，更加困难，但他还经常抽出一部分工资接济安徽同学。这既是鹞石周氏“患难相救，疾病相扶持”的祖训的要求，也是为抗战大业保留薪火、培养后备的考虑。当年得到荫棠先生接济的安徽同学中有许多在新中国成立后成了国家级人才，如谢小奇、章友义、黄国桢、胡厚仁、郭德宣、慈云桂等，其中慈云桂为枞阳麒麟镇人，中国科学院院士、世界著名计算机专家。

荫棠先生擅长诗词和对联，尤其注重用精练隽永、短小精悍、易于记诵和传播的对联作为文化抗战的武器。流亡岁月中，荫棠先生曾在蜗居的大门上贴出对联：“已无立锥地，犹抱岁寒心。”表达不屈的民族气节。1943年春节时，荫棠先生为湖南大学安徽同学会作了一副春联：

“异地又新春，曾经三楚烟波，书剑毋忘今在莒；乡情同此夕，纵思八公风鹤，管弦当记昔追胡。”荫棠先生警醒同学们无论读书还是娱乐，都要如同齐桓公不忘在莒国避难的峥嵘岁月那样，不要忘了当下的流亡处境，可谓为抗战寄望殷殷。

1937 年 6 月，荫棠先生作《祭兄文》，悼念年仅 34 岁病逝的兄长，发誓要把他的儿子昂驹当作自己的儿子。1943 年昂驹考取湖南大学后，荫棠先生为了抗日，动员和鼓励昂驹放弃学业参军报国。昂驹在空军通信学校第九电信训练班学习，后参加了湘西会战，见证了芷江受降。

在历史研究方面，荫棠先生 1941 年 12 月发表《为读一部史书运动进一解》[《斯文》第 2 卷第 4 期（1941 年 12 月 1 日）] 一文，提出尤其要发扬民族思想观念，为当时的抗战服务。这一观点所产生的最大成果，便是撰写了《台湾郡县建置志》一书。

曾有惊天动地文

翻开《台湾郡县建置志》的“自序”部分，可以清晰地看到荫棠先生创作这一巨制的思想脉络。荫棠先生关注台湾的时间其实很早，他曾看到往昔的桐城同乡、留下“不谋万世者，不足谋一时；不谋全局者，不足谋一隅”之叹的陈澹然编纂的清朝安徽同乡台湾省首任巡抚刘铭传的奏议十册，“尤注重其治台政绩，分叙实事，类载原文，卓识孤怀，足补史志之阙”。于是，“余因更加考证，成《刘铭传之经营台湾》一文”，并暗自发愿，要继续研究台湾，汇成专著。但是，此时他却遇到了一个严峻的现实问题——想了解台湾自古以来的政治设置、人民生活等等，相关的著作与史料却很少，比如“刘铭传锐意治台，改设行省，此何等大事，而《清史稿・本传》乃以‘增改郡厅州县’六字了之，所添改之名称与数目概不载”。如此尴尬的状况，加上繁忙的教学任务，导致荫棠先生忽忽十余年过去，于此一题反竟搁置。

经历日寇侵华的劫难后，荫棠先生又想起研究台湾历史的旧愿，而且这一愿望越来越迫切。“念史之用，以关于近代者为最切，抗战建国，政治亦重于军事，为提供当世计，不若先将清代（台湾）行政区划及地方政治两部分，分别论述之”，其拳拳家国情怀，跃然纸上，研究历史为现实为抗战服务的目的，也鲜明地提了出来，遂“发愤奋笔，完成素志”。这一发愤，荫棠先生付出了超乎寻常的心血，作了浩繁的、琐碎的考证。他“游历各方，搜集资料，然西南诸地，藏书既嫌缺乏，突袭期中，率皆疏散，往往终日仓皇，劳苦少获”。后来，避难到四川，受聘于迁至成都华西坝的金陵大学，可供研究的资料逐渐多了起来，但仍远远不够。“而余乃欲以一人之力，于大战之时，奔走域内，访求遗籍，迹不能至，又丐人钞寄焉。……风尘道上，警报声中，行筐积稿，在在毁失堪虞，不揣浅陋，先取此册即行”，首先成就了《台湾郡县建置总叙》一文，1941 年 5 月刊于金陵大学文学院历史系编辑出版的《史学论丛》第一期。

《台湾郡县建置总叙》一文刊出时，荫棠先生已到了湖南大学任教。此后，对台湾地区的研究持续加强，由于太忙，经常要侄子昂驹帮忙整理卡片，抄写书稿，最终将《台湾郡县建置总叙》扩充编著为《台湾郡县建置志》。该著述于 1944 年由正中书局出版，台湾郡县建置的沿革、地方政制的变迁，以及如何划疆、如何分治，亦作一一改证，颇为详尽，用无可争辩的史实昭告世人：“中国人之发现台湾，远在三国孙权时，驱除狉獉（草木丛杂，野兽出没。这里比喻荷兰殖民者），开置郡县，则自郑氏（郑成功）始。清代因之，历二百数十年……”也就是说，台湾自古以来就是中国的领土！其在开篇“自序”中，更是开宗明义、振聋发聩地说道：“台湾，中国最早亡于日本之省也，当其未亡时，经一极长久之年代，握一极广大之膏腴，地方之区画若何，政治之设施若何，人民之生活若何，番族之导化若何，此则前事不可忘，而吾人所宜自加检讨，归结账目者也。”他提醒世人不要忘记 1895 年签订《马关条约》时，台湾以中国台湾省的身份屈辱地割让给日本的前事，牢记台湾在漫长的历史中一直是中国治下的一个行政区域的事实。而要算清“账目”，自然是要收复失地、重整河山！

“可怜荒垄穷泉骨，曾有惊天动地文。”（白居易《李白墓》）《台湾郡县建置志》可谓台湾地方郡县政制史的开拓奠基之作，一时引起社会的热烈反响，荣获当时民国政府社会科学一等奖，并于1945、1947年多次再版。

千秋惨案哭黄冈

1946年3月的一天，荫棠先生突然接到一条辗转而来的噩耗：90多岁的祖母已经去世半年多了！烽火岁月中，荫棠先生对恩重如山的祖母有着深入骨髓的挂念，对劫后亲人的团聚有着时刻萦怀的期盼。1939年流亡成都期间，曾作《思乡》一首：“北堂两世发皆稀，路隔蚕丛梦到迟。逢节酒樽孤子泪，陟岗心绪有谁知。危时方幸束高阁，故国依稀仰大旗。何日轻舟出三峡，一帆直落月山陲。”月山，虾溪村一地名，为先生出生地。

怀着悲痛的心情，荫棠先生立即请假买舟东下，返里奔丧。当时正处于大后方的政府官员及流亡人民战后重返沪宁等地的高潮时期，交通运输异常紧张。他回家心切，乃乘拖驳由汉口出发，不料拖船行至湖北黄冈江面时搁浅，而驳船在后面借着惯性继续行驶，驳船头与拖船尾相撞。他左右臂被压断，流血不止，拖驳负责人得知他是湖大部聘教授，即用船将其送往汉口医院抢救，但其终因失血过多，一星期后在汉口医院驾鹤西去，年仅41岁，留下3个孩子，大的只有9岁，小的只有3岁。“一帆直落月山陲”成了永远的遗憾！

湖南大学举行了隆重的公祭活动，主祭人为校长胡庶华，文学院长谭戒甫代行其事。该校政治学会也出面进行了公祭，主祭人为政治学院院长曹绍濂。各方人士送来了大量的挽联，引来无数的感伤与追思，其中最引人注目的是宋美龄的一副挽联，联曰：“一片孝心，万里归帆为白发；长才憎命，千秋惨案哭黄冈。”多年前就把荫棠先生引为朋友的宋美龄，在挽联中褒扬了荫棠先生模范秉承传统“孝”德，盛赞了荫棠先生是不可多得的人才，而“长才”却“憎命”，“惨案”至于“千秋”，于是情发于中，立去矫揉，悲恸一“哭”，痛悼至深！

逝者长已矣，生者如斯夫。王禄臻于1948年在湖南大学加入中共地下党组织，1950年与湖南大学教授杨仲枢重新组织家庭。荫棠先生大儿子昂冕大学毕业后勤勉工作，取得高级工程师职称，曾担任淮北纺织工业局局长等职，退休后在苏州创业、养老。二儿子昂嵋不幸英年早逝。小儿子昂岳改从继父杨姓，仍沿用荫棠先生所起之名，以共同感恩生父与继父，后被评为国防科技大学教授，享受国务院政府特殊津贴，出版教材和科技书籍共15部，2006年退休。

本文行将结束时，笔者忽然记起荫棠先生曾在《读柳文》中提炼了一种中国历史上最典型最打动人心的人物形象，这就是具有“皎洁之身，庄严之心，温柔敦厚之情，腹充热血，眼迸热泪之文杰”的形象，这个形象不正是荫棠先生的自画像吗？正因为是这样的“文杰”，他才有了一系列可圈可点的言行，他才取得了一系列可敬可佩的成就。他不仅是陈瑶湖的骄傲，也是安徽和全国的骄傲。他是民国时期的学者，去世70多年后虽不为普通大众广泛熟知，但他的著作、他的学术观念，今天依然为学者们所关注所研究；尤其是，在“为提供当世计”的史学观念支配下，他所创作的《台湾郡县建置志》成了为台湾史正名的关键性的历史文献之一，为抗战胜利后收复台湾作出了贡献，对今天遏制台独、实现国家统一，同样有着重大意义！

此外，荫棠先生的大儿子和小儿子德器成龙，可谓代有才人，门楣增光。而且父子历经磨难，依然初心不改，砥砺前行，亦为后辈树立了一种励志的标杆。

但愿，本文能够抛砖引玉，促成更多的人关注和研究高标独具的荫棠先生！

襟抱不改自清简

魂归故里　终成双馆员之墓

在陈瑶湖镇青山头，有一座显得非常特别的墓冢——双馆员之墓。该墓的形制为一本翻开的无字书，无字书的一边安葬着安徽省文史馆馆员谢采筏的骨灰，另一边则安葬着上海文史馆馆员谢蔚明的衣冠。谢采筏于2013年9月在铜陵因病仙逝，谢蔚明于2008年1月以92岁高龄在上海驾鹤西去。二人同村同宗，均少小离家，数十年在外，一为著名儿童文学作家，一为知名老报人。谢采筏比谢蔚明晚两辈，小20岁，或出于仰慕，或出于惺惺相惜，生前征得谢蔚明及其家人的同意，愿与谢蔚明的衣冠一起在家乡同穴长眠，2013年12月8日，终至成就了难得一见的双馆员之墓。

少年失怙　学徒期间不忘自学

谢蔚明1917年出生在谢氏聚族而居的陈瑶湖镇水圩村。该村自古崇文尚武，明朝桐城第一个中进士的谢佑就出自水圩谢氏，道光年间的谢依俊、陆蛤蟆则为东乡武术“三十六名教”之一。谢蔚明家境较差，但他的父母仍把他送到私塾。不幸的是，到他14岁时，便遭遇丧母之痛，因家贫而辍学，经人介绍，到附近江心洲大通和悦洲舒复兴布店当学徒谋生。次年，他的父亲又不幸去世。年少失怙失恃，谢蔚明没有沉沦，反而更加自强不息。当时，布店收购了大量《申报》《新闻报》当包装纸，他视之如珍宝，如饥似渴地阅读其上的副刊作品，并开始学习写作，尝试向报刊投稿。

投身军营　参加南京保卫战

谢蔚明的表兄徐良复，在武汉任亚细亚油栈“华人总管”，也就是买办，替谢蔚明弄到了一份看管仓库的工作，月薪 16 元大洋，可谓不低。但是，“1937 年‘七七’卢沟桥事变，我订的《武汉日报》送来，我一边看报，一边流下热泪，还捏起拳头捶打桌子。我痛恨日本鬼子侵略，又为中国军队奋起而激动。强烈的爱和恨的感情交织在一起，使我决心把青春、热血献给抗战”（《蔚明先生自传》）。当年 9 月，谢蔚明考取教导总队（即黄埔军校 16 期），当上一名上等兵，参加了南京保卫战。

谢蔚明在 2000 年写成的《我所亲历的南京大屠杀》一文中，对当时的描述非常详细：“我所在的连队担任南京太平门到中山门一线防务，士气高昂，下定决心要与阵地共存亡。不料 12 月 12 日夜晚，突然奉命撤出防区，从和平门城头缒城下到城外。一墙之隔，改变了人际关系，在城内，军纪严明的战斗集体，一到城外，变成一盘散沙，谁也顾不得谁。我成了失群的孤雁随着人流涌向下关江边。天色微明，拥塞在下关数不清的官兵，万头攒动。我碰上连队一伙伴，彼此合作找来一些木料，绑成木筏，放流大江，目的地是北岸浦口。我们错把八卦洲当成浦口，刚刚放弃木筏上岸，猛然机关枪声大作，枪弹当头掠过。原来是一艘日本军舰飞速开来，一边航行一边开动机枪，我身旁的士兵下巴中弹流血不止。”

很快，躲藏在八卦洲上的中国官兵的踪迹被日军察觉。日军军舰严密监视江面，一旦发现偷渡者，便用机枪一阵狂扫，中弹者的鲜血和着江水四溅，惨不忍睹。

终于，逃生的机会在一天夜晚来临了。当时大雾锁江，敌人的探照灯难起作用了，谢蔚明忽然发现一条民船停在江边，船上却坐着二三十个军人，因人多造成民船搁浅在岸边，那些先上船的军人不愿下船，要他把船推动，才带他上船逃离。他不顾寒夜水冷推船，等到江水浸到颈脖子，船动了，船上的人将他拉上船。一夜江风，谢蔚明浑身湿透，但他愣是挺住了，后来也没有生病，他说，这与小时候习武的底子和当时年轻分不开。天亮时分，他踏上苏皖两省交界的土地，就这样奇迹般地脱险了。他后来听说，日本侵略者登上八卦洲烧杀掠夺，要所有被俘军人在江边站队，用机枪扫射，然后沉尸江中。

改行成战地记者　参加对日战犯审判

1940 年，谢蔚明在重庆国民党中央训练团新闻研究班结业后，任青年通讯社特派记者，后调任重庆《扫荡报》战地特派员。1942 年，在湖北恩施任《武汉日报》采访部主任、《新湖北日报》通讯室主任，后在湖北松滋创办《新湖北日报》鄂中版，任分社主任。抗战胜利后，任中央社武汉分社采访组长，南京《和平日报》采访部副主任兼《每日晚报》采访部主任。

1946 年，由于工作关系，他参加了对日军战犯的审判。在法庭上，谢蔚明听得最为惊心动魄的，是一位中国士兵的证词。在南京保卫战中城破被俘的 5 万中国军人，被双手捆绑，押送到燕子矶的低洼地。日军在山地高处的多架机关枪构成火力网，同时扫射，5 万人，就这样没了。这位士兵应声倒在别人的尸体下边，由此幸免于难。谢蔚明这样写道：“平生最大的快事，是 1946 年有幸参加国防部审判战犯军事法庭，亲眼看到南京大屠杀首开杀戒的日寇师团长谷寿夫出庭受审。回想南京城破之日我死里逃生，险些作了日寇刀下鬼，现在我是法庭记者席上的座上客，目睹谷寿夫接受正义审判，最后押赴雨花台饮弹毙命的可耻下场。由此想起秋瑾烈士感时伤世吟下的‘磨刀有日快恩仇’诗句，我为中国人民战胜日本侵略者昭雪国耻，感到莫大欣慰。”

驰骋京华　交友遍天下

1949年后，《文汇报》迁回上海，在京设办事处，由“能干的女将”浦熙修（彭德怀夫人浦安修二姐）主纲，浦是名记，早就蜚声报坛。谢蔚明首聘入阁，任《文汇报》驻京办事处记者。这样的结果其实是有一段惊险而精彩的历史渊源的。当年《文汇报》驻南京的特派记者、中共地下党员郑永欣称，其时身任《和平日报》驻徐州战地记者的谢蔚明是《文汇报》“地下特约记者”。自1947年4月22日至《文汇报》被国民党查封（1947年5月）的一个多月里，谢蔚明从前线直接与郑每晚电话联系，提供当天战讯，郑再转往上海，因而发了不少独家新闻，如《共军占领泰安》《徐州郊外焚毁四座军火库》《陈诚多次前往徐州、兖州督战》等消息，都是国民党报纸极力掩盖的，却在《文汇报》公布天下了。另外，曾任《大公报》总编辑、《文汇报》总主笔的徐铸成在自己的回忆录中说道，1946年7月发生的云南昆明李公朴、闻一多被暗杀案，当时国民党当局特别是昆明方面全力封锁消息，但有人乘军用飞机冒险将这一消息暗中送给《文汇报》，徐铸成怀疑此人便是借军方报之便利的谢蔚明。

谢蔚明紧随浦熙修驰骋京华，采访新闻，以最快的速度在销量很大的上海《文汇报》上发表。他以清新流畅的笔调写出报告文学《康藏公路纪行》，由一条公路切入，以耳闻目见的第一手材料记述了新中国翻天覆地的变化，一时洛阳纸贵。新中国成立之初，文化名人云集北京、上海，他与这些人来往密切，把京沪两地的互动搞得花团锦簇、有声有色。正如黄苗子、郁风等人回忆谢蔚明时所说：“当时的《文汇报》驻京办事处，就是许多文化界朋友相识相聚、兴奋地交流国家建设好消息的去处。”

重操旧业　协办《文汇月刊》

“二十余年成一梦，此身虽在堪惊。”党的十一届三中全会后，谢蔚明从北大荒返沪。

本来，龚之方（出版与电影界耆宿）推荐谢蔚明去中新社，但不巧中新社负责人张帆正在日本，错过了时机。而那段时间，适逢文汇报社要办《文汇月刊》（当初叫《文汇增刊》），谢蔚明原本就是文汇报人，便接过了《文汇月刊》副主编一职，一直干到 1986 年。《文汇月刊》诞生于 20 世纪 80 年代初，是大型的文艺性综合杂志，在新时期可谓首创。初创之际，三个人打天下，主编梅朵，60 岁，副主编谢蔚明，63 岁，责任编辑徐凤吾，58 岁。谢蔚明奔波不息，在京沪两地组稿，到各位知名人物家走访，约了许多人，也写了许多人，如张伯驹、周作人、黄永玉、梅兰芳、郭沫若、唐弢、巴金、夏衍、苏青、梁思成、朱家溍、王世襄、吴祖光、杨宪益等。茅盾、叶圣陶、巴金、丁玲、唐弢等名家，均在《文汇月刊》上发表过文章，一大批中青年作家也在此亮相。此刊逐渐发行到 10 万份以上，引起全国读者的极大关注，1990 年 7 月因故停刊。

耄耋之年　著述不辍

1988 年，谢蔚明经上海市新闻高级专业职务资格评审委员会评定为高级记者，1995 年被聘为上海市文史馆馆员。他的晚年，生活温馨，著书不辍，著有《老戏剧家王瑶卿及其他》《岁月的风铃》《杂七杂八集》《那些人，那些事》等散文集。对此，画家、散文家郁风曾说："谢蔚明，还能够写书出版，那就不只是他的幸运，也是读者的幸运了。"

襟抱不改自清简。1999 年 8 月，75 岁的当代文坛巨匠、国画大师黄永玉曾专门为 82 岁的谢蔚明画像，并题"魏晋以来，未见谢家子弟有如此清简者"。这一点，读他的著作便会有深切感悟，他的文章没有一点浮躁与抱怨，而是从容淡定，如话家常。追求真理、热爱生活、笃敬友谊的情怀，充溢着字里行间。

不可承受的歉意

罹患食道癌的父亲 57 岁便去世了。多年来，我内心承受的煎熬不仅仅是因为父亲的去世本身，更多的是为了父亲生前几次向我表示的歉意，而我有几次竟然恶巴巴地责怪父亲，很是伤了父亲的心。

父亲是生产队里的一把好手，30 岁出头便入了党，后来还当上了生产队队长，但在那个物资极度匮乏的年代，贫穷始终如影随形地跟着我们一家。即使日子紧巴，我作为家中独子，还是一路上了学。

由于英语成绩不佳，我高考时落榜了。为了让我复读，父亲决定像同村有的人一样，挑着担子去了江苏，用自制的小米饼去换“荒”（破烂），可他在外面碍于面子，常常开不了口，结果弄得连回家的路费也没了，只得饱一顿饿一餐地一路走回来！

艰难地复读了两年，英语的“剩饭”还是炒不香，而一年十多块钱的复读费，还有一星期一块多钱的伙食费，已经不允许我再炒“剩饭”了。后来，一旦有人为我没有继续复读而惋惜的时候，父亲便一脸内疚地念叨他不会挣钱，连累了我。我呢，好在少年气盛，考不上大学就换条路走走，我选择了当兵，想到老山前线去，结果却没有走成。后来得知，因为我家已五代单传，父亲不想让我上前线。我生气了一阵子，代课去了。

两年后深秋的一天，家里托人打来电话，说我的妻子已经生产了。虽然妻子还没有足月，但做爸爸的喜悦冲淡了我的怀疑，而等我兴致勃勃地回到家乡的小镇时，突遇晴天霹雳，我的前妻香桃因为风湿性心脏病突发，带着肚子里的孩子离我而去了，而她的风湿性心脏病，因为从来没有体检过，此前谁也不知情。香桃与我同村同宗，且比我长一辈，我们是方圆十几里内第一对私奔的主儿。香桃的父母一直不准我们回村，父亲一开始也是反对的，而当我们真的结合了，父亲便转而支持我们，面对香桃父母的棍棒，父亲不顾香桃的极力反对，托中间人协商，借了一笔钱换得了我们回家的权利。我代课的学校离家太远，30 多里路程中，只有一小段需要等半天才能等来一辆三轮车，其余都得靠步行，只有星期六下午回家一次，星期天下午又得返校。香桃在家待产，我很少能够陪她。香桃去世前后，父亲也没有在家，远到芜湖江外滩帮人割芦苇挣钱去了。

1986 年冬，学校放寒假的第一天，外面凄风夹着苦雨呜呜作响，我在宿舍里心灰意冷，无所适从。忽然，父亲一身湿漉漉地推门而入，未开口说话，两行浊泪便已纵横，我们抱头而号啕。父亲哽咽地说："我对不住你，我要是在家，提前带香桃检查检查，香桃怎么会死呢?!"由于联系不便，父亲多天后才得到香桃的死讯，当天上午就赶到家，又马不停蹄地徒步走了 30 多里路赶到学校。我一把推开父亲，吼道："你想发财，这下想好了!"父亲一下瘫在地上，蒙面无语，但我依稀地看到，泪水正从他指缝里止不住地淌下来。

后来有人几次为我介绍对象，我都婉拒了。父亲对介绍人说："随他去吧，他一时丢不开香桃，心里苦着呢。"再后来，父亲为了摆脱家庭的困顿，由我贷款，与人合伙做起了木材生意，将江南石台、青阳等地的山里人家拆了旧房子的木料，弄回来卖。两年过去，一结账，父亲只赚了千把块钱，还不是现金，而是以一堆木料相抵，两年打短工也不止赚这么多，而隔壁做同类生意的，一年都有上万元的赚头。父亲说：

“我真没有本事。”我说：“也不假，几十年了，除了三间破草房，你攒了什么？还是老老实实种田吧。”突然，我看到父亲的脸涨得通红，我才意识到我的话太犯浑了。任何一个父亲都不想在儿子面前“跌份”，儿子是父亲自尊心的最后一道防线，如果一个儿子伤了父亲的自尊心，不管多轻多重，那都是对父亲最沉重的打击啊，而作为儿子的我恰恰戳痛了他心里最脆弱最敏感的神经！好半天，父亲无奈地说：“我听你的。”但他执意倾尽所有赚来的木头，为我换来了我期盼已久的一只书橱、一只书桌和一只衣柜。

香桃去世后第六个年头的春天，父亲对我说，他近来的一两个月吃饭时经常哽住。我带他到附近农场医院一查，竟是食道癌！我向父亲隐瞒了这一信息。第二天早起后，我见到父亲正在与我的房东交谈，父亲背朝着我，我便没有惊动他。忽然听父亲说：“我 50 多岁了，死并没有什么，只是对不住我儿，没有供他上大学，也没有保护好他的妻儿，没有能够看到第三代，我是前生作了孽，有愧呀！”我赶紧跑回宿舍里，任凭泪水往肚里淌！父亲，我世事洞明的父亲啊，你竟然猜到了自己的病情？父亲，你把我带到这个世界上来，就是天大的恩情，有什么对不住我的呢？我下了决心，无论如何要带父亲去省城开刀，并抓紧找一个对象结婚，力争让父亲在去世前看到孙儿，因为没有成为三代以上的人死了，会被乡人愚昧地认为前世没有做好事。

我对父亲说，我们去省城吧。父亲说，我没有什么病，不要花那个冤枉钱。我劝道，本地医院设备不行，医生建议我们去省城看一看，要是没有什么，就当是旅游一趟嘛。父亲经不住我再三相劝，终于启程了。在省城的一家大医院，父亲“听信”了我关于他是胃溃疡的说法，接受了手术。从上午 9 点推进手术室，我便和我的一位远房兄弟一起守候，饭打来了，我哪有心思吃下去！下午 1 点多，父亲出来了，全身捆着纱布，嘴里插着输氧管，脚上扎着吊针，腰部接着导尿管。身材强壮的父亲怎么成了现在这个样子了？晚上 10 点多，一直昏睡的父亲终于

“哎”了一声，醒了。我欣喜若狂！第三天上午，父亲可以喝水了。

从此，我每天天一亮便赶到一里多路以外的菜市场买来活泥鳅，在医院提供的煤炉上炖好。9点以前医生查房，不准家属进入。9点以后，我便一勺一勺地喂着父亲。一天，父亲有气无力地说：“花了不少的钱吧？”我说：“钱是人搞人用的，不要担心，何况只花了千把块。”父亲又断断续续地说：“不要瞒我了，病房里其他人告诉我了，没有四五千块是打不住的。你一个月才拿百十来块，什么时候才能还清啊？”我的嗓子突然酸楚无比，我强忍泪水，故作轻松地一笑，说：“你安心休养比什么都好。”

可是，刚过了两天，我上午来到病房时，却发现父亲不见了，听到附近的洗漱房里有水声，我赶紧跑了过去，竟然看到父亲正在费力地洗着自己的长裤！便一下子冲父亲发起火来：“你不要命了？这么做，这钱不是白花了？”我将父亲搀到病床上，父亲好一阵子才上气不接下气地说：“刚才拉到了裤子里，我带累你不少了，就自己洗了洗。”我哭了，“你万一摔了怎么办？”我说，“我是你儿子啊，有什么连累不连累的？你这么做，在外人看来不是打我的脸吗？”父亲说：“我没有考虑别人怎么看，让你不好做人了。”哎，我这番话怎么说的？虽有对父亲的关心，却也暴露出我的自私与虚荣了。

这年年底，我第二次结婚了。结婚时间没有抓紧，父亲病情又复发，第二年秋天，我的儿子在娘肚里只有8个月的时候，父亲便去世了，这成了我们全家永久的遗憾！

父亲去世前，竟然几次向我表示歉意，每每想起这些，我便无地自容。

父亲，我是你的儿子，应该道歉的是我啊！

可是，父亲早已听不见我的忏悔了！

您的石头我的人生柱础

老屋的废墟，我每年都要经过几次，但什么也没有带走过。这次听老家的人说废墟上的石头被人弄走了，我蓦然警觉，从所剩无几的石头中捡回了一块小碗口大小的鹅卵石。

倒不是心痛这些石头值多少钱，而是这些石头是母亲的石头。

我的老家住在平原畈区，母亲是从小做童养媳抱过来的，她的娘家在三里之外的发洪山脚下，那里只有没出嫁的三姨妈为三房在外工作的兄长守着老屋（后来我买下了）。孤身一人的三姨妈晃在空旷的老屋里多少有些害怕，母亲便经常过去做伴。无论是先前在生产队出工，还是后来“单干”，母亲只能在傍晚收工后成行。路是旷野小路，沟沟岔岔的，甚至天黑以后还会有豺狗从三公山上下来。遇上起程太迟，父亲便送上一程，而三姨妈也常常打着手电在半路上迎着。母亲上三姨妈处，有一样母亲是非带不可的，那就是一担粪箕，第二天出工之前，母亲必定会从发洪山脚下的山涧里挑一担石头回来。

我家的老屋是土坯作墙、稻草糊顶的草房，乡邻们陆陆续续地盖起瓦房了，形势迫得父母也下定了决心。为了节省一些基石的开支，母亲便利用陪伴三姨妈的机会经年累月地挑起了石头。在这个过程中母亲常常是饿着肚子的，因为傍晚急着赶过去，有时在家来不及吃饭，到了三姨妈家，只要看到锅碗已收起来，即使三姨妈问起，她也回答说吃过了，而早上挑石头回来，为了赶着出工，也只好时常委屈肚子。在这种情况下挑一担石头，自然是很累人的，我经常看到母亲歇担子时一脸的汗水伴随着一阵气喘吁吁，有时我便劝母亲不要如此劳累，说你挑一两个月还不够“一红头”车子，而“一红头”车的石头只要四五块钱，何苦呢？母亲总是笑笑：“挑了‘一红头’，不就省了四五块钱吗？”

母亲依然常挑不辍。门口的石头已经码成两米见方的一堆了，硬三间瓦屋离我们也越来越近了，但是，父亲突然罹患食管癌，手术过后，一切也变得遥远了。第二年中秋节前，父亲撒手人寰；当年底母亲常说肚子痛，我根本不会往坏处想，带她在当地乡间卫生院抓了一些药。隔年开春，母亲痛得厉害了，在铜陵人民医院一查，竟诊断为胃癌，而且医生说，这与长期饮食不规律特别是饿肚子有很大关系！我欲哭无泪，恨自己的大意，也恨起那些石头来。母亲平静地说：“阎王先注死，后注生，怎么怪得上你和那些石头呢？”打开腹腔，“敌人”已经占领了胃周边的各个“高地”。刀口缝合后，母亲根本不能进食，而且癌细胞经常发动进攻，母亲便经常痛得“爬壁子”。在饥饿和疼痛中，在那年暑期的那个残阳如血的傍晚，母亲坠入了永远的黑暗之中。

20 多年过去了，因为我一直在外打拼，老屋无人居住，早已坍塌，我唯一捡回的就是这块石头。看到这块石头，自然想起母亲苦难的一生。但是，看得久了，竟然又发现了母亲的另一面来。为了儿子能住上好房子，为了在乡邻面前不至于太丢脸，母亲挑石头一挑就是 10 多年，把自己也挑成了石头——母亲的意志与爱心一如石头般坚定与恒久！上百斤的担子压在肩上，一路逶迤着，有时还饿着肚子，这样的活计对于瘦弱的母亲来说，不可谓不苦不累，但每每歇下担子，在我们的问候声中，母亲又总是露出浅浅的笑意，看得出，那笑是从心底里发出的真实的笑。是的，每挑一担石头，就离她心中的目标近了一步，她怎能不快乐呢？大字不识一个的母亲于懵懂里不经意间，竟然演绎了一个不凡的哲学命题——只要心中有目标并且朝目标努力着，哪怕这个目标很小，哪怕这种努力很小，也足以让人快乐。快乐就是这么简单！

母亲，您的石头已经无法成为我新宅的基石，但早已成为支撑我人生的柱础！

第二辑 东乡流韵

血脉里的山水

我承认，与你的怦然心动来得太迟了。

那天，一幅从来没有见过的画面突然在不经意间展开。

脚下的三公山蜿蜒起伏，连山积翠。山涧中一道不大的瀑布飞珠溅玉，到了山下的小溪，便渐渐放慢脚步，以粼粼波光的形式一路朝三公山回眸顾盼，旷日持久地演绎一场山水之恋的眉目传情。

小溪两边，大块大块的金黄色油菜花相间着大块大块的绿油油的麦田，朝远方铺陈开去，炊烟袅袅的村庄星罗棋布地点缀其间。不远处，一埂之隔的枫沙湖和陈瑶湖如同串联的双璧，晶莹、柔润。

更绝的是，我竟然看到了 30 多里之外的长江，就像一位绘画大师天马行空地在天际画上了一条静中有动、大气而又妩媚的弧线。

整个画面是何等的雄奇跌宕，丰盈多姿，灵动飘逸，温馨可人。

因为地势的关系，从江边看到长江与几十里之外的三公山同框，很平常。而从三公山附近看到其与几十里之外的长江同框，实属难得，且由于是从上往下看，画面更加清晰、细腻。这显然要感谢同时具备了两个天时地利的条件，一是站在山上，登高才能极目；二是天空蓝得如此透亮、澄碧，毫无遮挡。

看来，审美是需要高度的，也是需要纯净的。

你是我故乡的山水。有山，稳健刚强。有水，润泽丰腴。但是，几十年了，我却对你熟悉而又陌生。此次的怦然心动，让我意识到不能不对你另眼相看了，不能不重新审视你我点点滴滴的平常过往了。

许多人都曾心心念念那远方的山水才有诗，才有梦。我也因此千方百计地到过远方的一些山和水。但每一次，都是攒动的人流裹挟着我的脚步，云里雾里，机械而麻木，本来应该触手可及的悠闲与沉浸，却实在离得太远。回来后，那山那水的精华似乎依然以陌生而高冷的姿态，在我的生活之外停驻。

你不是这样。你从来都是平易近人的，亲切温暖的。我随时都可以在最慢的镜头中，毫无羁绊地欣赏你的每一寸肌肤，呼吸你的每一缕芬芳。不论我啸咏也好，狂歌也罢，浅吟低唱也好，咽泪无语也罢，你总是不愠不恼，不急不躁，深情脉脉地注视着我，用气定神闲平复我的浮躁，用雍容大度化解我的狭隘，用温柔美丽慰藉我的沧桑。你草木的清香，你流水的甘洌，你或庄重或灵动的形象，你或伟岸或优柔的气息，总是在我梦里长久地氤氲。

有人说，好山好水是为隐者准备的。那些隐者经历了人生的起起落落，简单到繁复，终于意识到最初极力摆脱的简单才是最值得用一生去追求的诗和远方。于是，他们一头扎进山水的怀抱，以一扇柴扉阻断世俗，以一壶月光涤净妄念。

我不是隐者，我无法挣脱滚滚红尘，也无法在那些名山胜水的怀抱里长久地驻守或结庐。好在，我的身边一直有你，你没有高高的门槛，你是一位可以端着饭碗进门聊天的邻居，你带给我的感受、体验、寄托，与许许多多喜山乐水的人一样的丰富、一样的深刻、一样的温润。或巍峨挺拔、峭壁耸峙，或奔腾磅礴、涤荡翻涌，是你的坚毅与豪迈；或山呈起伏、迤逦绵延，或水流九曲、长袖善舞，是你的娇柔与灵动；或尽拥峰峦巨石的遒劲与杂树浅花的柔媚入怀，或轻抚惊涛骇浪的咆哮与涓涓细流的娇吟如梦，是你的开放与包容。“月出惊山鸟，时鸣春涧中”是你的清寂与空明；“云从水中起，水在石上飞”是你的飘逸与清新；“一水护田将绿绕，两山排闼送青来”是你的慈爱与仁心；“大江东去，浪淘尽，千古风流人物”是你的豪迈与沉雄……

“江流天地外，山色有无中。”在故乡，拥有如此伟丽清奇而又相伴日常、令人开卷有益的一帘山水，是我最美的幸运。

我在你的怀里，你在我的血脉里，很好。

惭愧了，周潭八角亭

（一）

因遵命撰写《枞阳姓氏家训》鹞石周氏家风故事，需要拍摄一些照片。一个炎热的上午，我怀着朝圣的心情，与同伴周真高一起驱车前往已成为一个传奇的周潭街八角亭。

声名远播的八角亭是被张廷玉誉为“江左巨族”的鹞石周氏总祠仅存的一角古建筑。我曾在八角亭悦耳的风铃声陪伴下，在老周潭中学度过青葱的高中岁月。也许是年少懵懂，也许是读书“压力山大”无暇他顾，也许是从小就被灌输着祠堂是一种令人憎恶的族权象征的思想，在八角亭下待了几年，却对雕梁画栋的八角亭美在何处，印象不深，说不出一二三来。只记得八角亭是两层翘角飞檐、檐角缀有风铃的一个进深很大的古建筑，屋顶是由四个盖着黄色琉璃瓦的倾斜屋面和两侧的三角形小墙面（称为山花）组成的歇山顶，在古建筑中属于高等级的规制。八角亭右后边还有两排紧挨着的老房子，除作学生寝室，余下的则为几个老师的住宿及办公之地，左后边则是偌大的操场。我一直不解的是，明清两朝都严禁官员和普通百姓使用琉璃瓦特别是黄色琉璃瓦，鹞石周氏总祠的黄色琉璃瓦所从何来？

说来惭愧，我工作的地点距离八角亭只有几公里远，但我上一次拜访八角亭，已是 20 多年前的 1997 年的事了。那年八角亭重修落成后，我所在单位隶属周潭中学服务区，单位领导赶到现场向八角亭修缮委员会捐赠了 8000 元，我有幸忝陪。但见八角亭右后边的老房子已不见踪影，老周潭中学的教室、操场有很多都被民房取代了。修缮过的八角亭金碧辉煌，门前新增了两只大石狮子。由于匆忙，我并未进去细看。

鹞石周氏总祠作为家族总祠，无论是建筑规模还是人文内涵，都曾经是老桐城数一数二的。翻开《鹞石周氏宗谱》（卷一），有一幅《鹞石周氏祠堂图》，可以清楚地看到，总祠共有五进，中间三进为正殿，最后一进为平房。第一进和第四进各建有一座两层飞檐八角亭。从位置看，现存的八角亭当是位于祠堂第一进，系祠堂的大门楼。有老人回忆，祠内还曾点缀着水榭亭台和花园。

一座建筑之所以有名，不外乎两个方面：一是建筑本身独特，二是有名流赋予了它厚重的文化内涵。鹞石周氏总祠亦是如此，除了规模宏大，除了敢于运用王朝禁用的琉璃瓦，还关联了一大批名士。这些人中，本族的有周京、周岐、周大璋等，他族的有钱如京、左光先、方以智、姚鼐、张廷玉、张廷璐、陈澹然等。而本族的第一人当数周京，他族的第一人当数曾任明朝户部刑部两部尚书的钱如京。周京自号“篁鹤山人”，是才智卓越、洒脱弃俗、仗义行善、风格高标的一代名儒。钱如京在《篁田行》中盛赞周京“精灵幻出人中英，体不胜衣号鹤癯，万端锦绣胸中横，少年曾伴青矜游，便有识者头峥嵘”，而周京是一个生性自由旷达的人，“晚膺命服甘委吏，不与世俗争输赢。朝通籍暮解组归，傍林泉、寻旧盟、坐阅云”。通籍，记名于门籍，可以进出宫门，后称做官为“通籍”；解组，组，印绶，解下印绶，谓辞去官职。周京晚年曾任一方小官，却又很快辞官归乡，与一班老友寄情山野林泉，坐看云卷云舒了。周京对于鹞石周氏总祠的意义也正是始于他归官之后，“手编世系犹未足，宗祠更向田边营”，与草堂公等人在嘉靖庚寅年

(1530) 统二十一支“贤”字派首创鹞石周氏族谱，仍觉不满足，又率宗人首建鹞石周氏宗祠。也就是说，鹞石周氏首建宗祠已有 490 余年了。

周京的殊荣远不止于此。后来，他的曾孙女嫁左出颖而生大明铁骨御史左光斗、柱史左光先等九兄弟，为左氏也为周氏带来了无尽的荣耀。而钱如京则是周京粉丝中拥趸级别的了，他以名尊师——年少时拜周京为师，常说：“生平得如先生足矣!”，因名“如京”。

（二）

近祠情更怯，不敢问来人。历经 20 多年的风雨，如今的八角亭会是何等模样？我在网上查得八角亭“已是风烛残年、摇摇欲坠”，并有照片显示一些琉璃瓦已经掉落。即将见到的八角亭究竟是怎样的沧桑？我的心中不免忐忑。

我们在公路旁下了车，经大王庙向西前往八角亭。很快就到了一条南北向的水泥路，这显然是通向搬迁后的周潭中学的路，只不过原来是一条小路。我记得路边有一条小溪流过老周潭中学的围墙外，东边是一座老油坊，但是，小溪不见了，老油坊不见了，老周潭中学的围墙也不见了。各式民居一路扎堆，有陈旧的砖瓦老房子，更多的则是外墙贴有白色或彩色瓷砖、屋顶覆有黄色琉璃瓦的小楼，有的门前还用不锈钢管作护栏拦出一小片院子，显得很是气派与闲适。我曾在八角亭下就读过，如果向旁人打听八角亭的位置，似乎很是对不住自己。我想八角亭反正就在这一方，还怕找不到吗？但曲里拐弯地转悠，甚至踮起脚来仰首搜寻，就是看不到八角亭一丁点的影子。

我开始犯迷糊了，是自己的心不诚，还是八角亭乃至我的祖祠故作神秘？

其实，在当地的民间，八角亭所属的鹞石周氏总祠一直被传得神乎其神，这些年又传到网上了，故事的主角则是张廷玉和周大璋。张廷玉是整个清朝唯一一个配享太庙的汉臣，桐城人，康熙三十九年（1700）进士，康熙时任刑部左侍郎，雍正帝时曾任礼部尚书、户部尚书、吏部尚书、保和殿大学士（内阁首辅）、首席军机大臣等职，是纂修《明史》《四朝国史》《大清会典》《世宗实录》总裁官。周大璋，周潭镇人，雍正二年（1724）进士，深得周敦颐、程颢、程颐、朱熹等程朱理学精髓渊源，成一代理学大家。

张廷玉曾为鹞石周氏总祠题写楹联："家学渊源，克振爱莲脉道；庭规整饬，何殊细柳军营。"这副楹联运用周氏两个大名鼎鼎的老祖宗宋朝儒家理学思想的开山鼻祖、文学家、哲学家周敦颐和西汉著名的军事家周亚夫的典故，盛赞鹞石周氏崇文尚武、恪守理学、维法遵序、忠义报国，一语中的而又工整高雅，堪称楹联中的极品。张廷玉受周大璋之托为鹞石周氏作过《鹞石周氏续修谱序》，盛赞鹞石周氏"盖家诗书而人礼让，名儒蔚起者，指不胜屈也"。

有网传周大璋是张廷玉的恩师，甚至是他的胞母舅，张廷玉以宰相的身份，帮助鹞石周氏得到雍正帝的恩准，建造了这仿宫殿结构，并覆有只有皇家才可使用的黄色琉璃瓦的鹞石周氏总祠。真相究竟如何？

周大璋曾经以侄子身份撰写《仁松听斋二公合传》一文："而家庙创建于黄（篁）鹤公，地宇卑隘……当合族重建宗祠，仁松公谓听斋公曰：'是汝之责也。'夫听斋公因偕首事数人，鸠（聚集）工庀（管理）材，司出纳，公用不足捐私囊尝之。"也就是说，后来规模宏大的鹞石周氏总祠系周大璋叔辈听斋公牵头重建。据此，可以断定鹞石周氏总祠系皇帝御批建造的说法是不实的，若果真有此等殊荣，周大璋在记述祠堂重建时，能不着一墨吗？既非皇帝恩准，那作为皇家专利的黄色琉璃瓦又是如何覆上的？这个谜恐怕还要继续存在下去。

周大璋并非张廷玉的恩师。张廷玉的父亲张英曾称周大璋经常"与余诸子切劘（mó）砥砺，诸孙皆执经门下"（《周笔峰（大璋）先生墓表》)。张廷玉也在所撰《鹞石周氏续修谱序》中记载：“夫介南（周宾）聘侯（周大璋）授经予宅，历有年，所子侄多出门下。”另外，《周笔峰先生墓表》载：“相国张文和（张廷玉）公曰聘侯与余同时补博士弟子员。”还有，周大璋只比张廷玉年长3岁。种种证据表明，周大璋确在张家当过塾师，但所教的是张廷玉、张廷璐等人的子侄辈。

张廷玉与周大璋也并非直接的亲戚，只是世代通婚的周、张两大姓的广义亲戚而已。翻看张廷玉所撰《鹞石周氏续修谱序》的开篇即知：“予族与周氏姻娅相承，其年谱世谊盖历历可稽也。予祖妣吴太夫人与今学博周修纶祖妣为胞姊妹……周季宽又为从侄。”周大璋如果是他的母舅，能不被提及吗?

民间演绎周大璋、张廷玉是师生关系，是母舅与外甥的关系，并进一步延伸到鹞石周氏总祠是奉旨建造的，权当戏侃。如果就此写成文字，广为流传，甚或留存后世，则是对历史的不负责任，与治学的本旨相去甚远，只会落得个谬种流传，贻笑大方。

（三）

终于，经过了10多分钟汗流浃背地寻找，同伴忽然一声大呼：“八角亭！八角亭!”

我一怔，八角亭瞬间以其后背直插我的眼帘，我们竟然在仓促中不期而遇了。尽管已有心理准备，但眼前的景象还是让我大吃一惊。老周潭中学偌大的操场已全部被杂乱的民居抢占了，这些高高大大的民居直逼八角亭，八角亭被挤压得很是局促且矮小。更为触目惊心的是，八角亭后檐落地的木质长窗已经东倒西歪，后檐上的琉璃瓦碎落一地，只剩下一根一根的木椽子七零八落地耷拉着。我急切地想近身观察，却被一圈镶有花窗的拱形围墙阻隔，转到前面，围墙的大门已被草捆堵上了，墙根则是丛生的荆棘杂草。我举起手机伸进花窗想拍一张八角亭的全景，主景大部分却被院内的杂树遮挡了。同伴发现院内住着一户人家，一位小姑娘正在院内的菜地里摘菜，便叫她打开开在侧墙的院门，我终于在伤感中走了进去。一股腐草的气息扑鼻而来，而八角亭的台阶上遍是枯叶和碎瓦，甚至还掉落有一根长长的木构件，就那么刺眼地横在那里，原本高高蹲在屋面垂脊上的一只脊兽的兽头屈辱地碎落在石狮的脚下。抬眼向上看，前面斜披的屋面已不复存在，柱子、椽子伤心地裸露着，8只翘角飞檐只剩下6只，在损坏的木斗拱的支撑下，依然倔强地伸向天空展示着飞动的神韵，却又显得那么的酸楚。正脊上，两条飞龙攒着由5个黄绿两色的琉璃葫芦串成的塔尖，这是福禄的象征——葫芦，正常情况下在屋内是见不着的，可此时我就站在屋内，竟然因为屋面损毁而和它毫无遮拦地面面相觑。它已经少了一些依托，似乎随时会掉落砸中我的头颅！我一激灵，赶紧闪开。

突然，我的眼睛一亮，心不由得一阵狂跳！我竟然在这残败的八角亭里仰首望见后面斜披的屋顶下，藏着一般古建筑里难得一见的一宗宝贝——藻井！藻井是什么？通俗地说，藻井就是一种古代的高级天花，一般由多层斗拱组成，由下而上不断收缩，形成下大顶小的倒置斗形，呈向上隆起的井状，故而得名。藻井形式有方、有矩，有八角、圆形等，一般都绘有彩画、浮雕，只在尊贵的建筑如皇家宫殿、敕建敕封寺庙、陵寝碑亭等地方使用。藻井除了装饰美，还有深刻的寓意。屋内地面建造天井，是为“四水归堂”，有聚财之意。屋顶之上建藻井，除了是地位的象征，除了含有天井的寓意，还因为在我们的先人看来，藻井蕴藏着井中有水、水火相克的古代朴素哲学，希望藉此增强砖木结构建筑的防火功能。我敢武断地说，就其思想哲学、建筑美学以及精雕巧作，藻井是任何一种现代的吊顶装饰所无法比拟的！

八角亭竟然不顾封建时代的建筑规制而饰有藻井，成了又一个待解的谜团和传奇！当然，眼前的藻井已无昔日的曼妙了，彩绘早已脱落，就连它上面的屋顶也不复存在，残破得到处“春光尽泄”，透过它可以直接看到湛蓝的天空与洁白的云彩了。

（四）

祠堂的生命力曾经十分顽强，一度连续存在了几千年，几乎每一个姓氏都有祠堂，有的除了总祠，还有不少分祠。鹞石周氏除了八角亭所属的总祠，还曾出现过“贤”字辈分支的十八座支祠，仅周潭街上就有下街头早期陈湖医院的礼耕堂、中期陈湖医院的延庆堂、原陈湖区政府的修义堂、老粮站的友于堂和诜羽堂等等支祠。

祠堂是什么？10 多年前，我曾在一篇小文《祠堂》中写道：“祠堂又是一种权力，一种规范，一种惩戒。本族的大问事（族长）一般在祠堂设有问事堂，上方高置的太师椅泛着古铜色，显得极为庄重与威严。族长坐在上面一本正经地明事理断是非，对违反了族规的人施以各种惩戒，包括道歉、罚跪、禁闭、打板子，甚至死后不准进入祠堂等，服也是服，不服也是服。”

“在当今各种物事高速消长的年代，祠堂的特定内涵与活动早已湮灭了。但是，作为一个历史产物的祠堂，其折射出来的伦理学宗教学内容还是值得我们关注的，更何况它还承载着丰富的社会学建筑学考古学及美学内容。”其实，彼时的我并没有完全论述清楚祠堂所蕴含的积极意义，祠堂显然还有着慎终追远、崇德尚义、守序遵法、耕读传家等种种教化作用。

同伴忽然叫道：“这里还有一块文物保护碑呢！”我苦笑了一下，我知道那是一块关于八角亭列为县级文物保护单位的石碑。最近欣闻八角亭的修复工作得到铜陵市文旅委的高度重视，正筹措资金准备修复，确是一桩幸事。

浮山洗心池

我们是从白荡湖梢，进入“三十六岩、七十二洞”的浮山之前山的。行船无法抵达山脚，只有乘车。“山浮水面水浮山”，是一种远眺时的虚景。

进入没有水可浮的古火山浮山，我们却在第一站即与水遭遇。从原浮山管理处出发，向左拐一段山路，便到一个洞府，在外便听到水的溅落声。寻声踏阶而去，两石壁森严，形如斧削，抬头上望，只见天空被石壁削成一米来宽，浮云高远，悠悠如白缕，此乃“一线天”之所在也。曲折幽暗的石阶尽头，突见一束光柱自天上扯下，眼前豁然朗亮起来，凝神细瞧，原来是洞顶飞雨。洞内题刻告诉我们，这就是滴珠岩。滴珠岩为明代安庆知府赵寿祖所题，人称“太守岩”。其实，早在宋朝，大通禅师在此结庵，题名大通岩，又因岩内“常泻四时雨”，故名飞雨岩、滴水洞，高约数丈，可容纳数百人。

夏初的一段山路让我们热汗淋漓，洞内冷然清爽，一如明万历进士吴用先所题“四时无有涸，六月不知暑”。滴珠岩贵在滴珠，孟郊说“飞瀑潺潺峰顶来，珠玑错落下瑶台”，200 多年以后的王安石则站在我的位置，仰头专注地看那洞庭洞顶，一窍之中衔有巧石，宛如龙口戏珠，滴珠之珠便自龙口落下。“清风高吹鸾鹤泪，白日下照蛟龙涎”，王安石就是豪迈与大气得多。在他的意境中，我们仔细搜寻着洞中石刻，“洗心池”三字便蓦然撞入我的眼帘，我忽有所悟地把脸面埋进池水中，顿觉通体清凉，心也澄明。我以为，叫“滴珠岩”之类太象形太表面了，取“洗心池”则天人合一，抽象地深入到了一种哲理的层面。畅游林泉，探幽揽胜，说穿了，其实不就是悦心洗心吗？

《菜根谭》有云：“一念清净烈焰成池，一念警觉航登彼岸。”福祸苦乐，只在一念之间。许多人因为贪慕浮华，利欲炽热，而跳进火坑，坠入苦海。这些人没有别的，只因平时没有洗心的自觉，以致一念之关口，不能把持。

天地一沙鸥。对于我们而言，来与不来，洗心池还是洗心池。但是，洗心池记住了一长串的队伍，洗去千年尘埃，他们就那么清晰地活动在我的眼前：唐代孟郊、白居易，宋代范仲淹、王安石、欧阳修，明代左光斗、方以智、周岐以及公安、竟陵两大文学流派的创始人袁宏道、袁宗道、钟惺，清代桐城文派的大家方苞、戴名世、刘大櫆、姚鼐，等等。他们先后来到了浮山，来到了洗心池，有的干脆在这里安营扎寨，如隋朝大台宗智者大师，赵宋的圆鉴大师曾在这里担任寺院住持，还有汉左慈，宋张同之，明雷鲤，清朱作鼎等人都曾隐居于此。他们在浮山吟诗作画，因棋说法，谈禅参佛，洗心池是必定要来的地方。大珠小珠落玉盘听得久了，便觉得水流而境无声，顿生处喧见寂之趣。这样的氛围与环境，使他们得以能够澄然静坐，有心绪认真地想一想你，想一想他，更想一想自己，亦即洗面洗心、调心养神。于是，“见孤云野鹤，而起超绝之想；遇石涧流泉，而动澡雪之思；抚老桧寒梅，而劲节挺立；侣沙鸥麋鹿，而机心顿忘”。或者说，悟得了“羁锁于物欲，觉吾生之可哀；夷犹于性真，觉吾生之可乐”的道理。即使不是“尘情立破，圣境自臻”，至少也洗去了一些社会和官场上的浮华、陋俗乃至罪孽，脱俗多了，清爽多了。他们的诗文虽少见以“洗心池”为题的，但字里行间，又何尝不露洗心之后的超凡洒脱呢？我想，他们的诗词抑或人格，越百年千年而不衰，是当记上浮山洗心池一功的。

洗心即是求心。“我本求心心自待，求心不得待心知，佛性不从心外得，心生便是罪生时”，达摩大师告诫我们要求心内佛，了却心外法。“才就筏便思舍筏”，我们能够不受外物羁绊吗，我们能够闲看庭前花开花落，漫随天外云卷云舒吗?

有人提议看一看洗心池究竟是怎么来的。于是，我们穿过金谷禅寺，闯过紫霞关，绕过仙人床，来到洗心池的顶上，我们惊奇地发现与洗心池相连的是一条窄窄的沟涧，被竹木蓬草掩蔽着，平日一定很落寞的。拨开蓬草，但见沟涧浅水一脉，半途中忽入洞穴，便急转直落，方有了飞珠溅玉。洗心池之源竟是这等的寂寞、平凡。

寂寞、平凡的物事能够造就热烈、不凡的境界。这，大概也算得上我们在洗心池洗心之一得吧。

石奇石幻东边沟

前些天，宿儒周著久托人带来一本由他编著的大篇幅描写东边沟神奇巨石的古体诗集，我猛然一拍大腿，深深地自责起来！是的，这么多年，我怎么就忘了近在咫尺的家乡东边沟了？

东边沟位于三公山的怀抱里。年少时，为了上山砍柴，我每年都要往返跋涉于东边沟十几次，周著久先生诗集中描写的那些石头我都见过。现在，重温记忆的念头让我变得急不可待起来，第二天就和几位好友一头扎进了东边沟。尽管是清明假期踏青的好日子，但可能是养在深闺人未识吧，东边沟鲜有游人。一路上，林壑幽深，松涛轻拂，鸟语花香，溪流淙淙。但我顾不得这些，一心只在那些亦奇亦幻的石头上。

巨石满沟费心猜

从罗卜山脚下的破败的东边沟林场往上，山涧中除了常见的细石鹅卵石，突然陆陆续续出现了许多巨大的石头，小的有几吨，大的甚至达到几十吨、几百吨，有的随意地散落在山涧两边，有的杂乱地堆在山涧中央，石叠石叠出了许多洞窟，石挤石似乎要把溪流阻断，好在水的力量无穷，硬是冲出巨大的石堆形成一叠叠或一脉脉的细泉，平添了不少跌宕的灵动和妩媚。

东边沟山路最险的一段当数大挂岭（亦称大雾岭、大凹岭），山岭挂起来，其陡峭险峻可想而知。就在大挂岭的脚下，一块巨石恍惚将山涧完全堵住了，仔细一看，两边只剩一米多的空隙，我想，当咆哮的山洪翻滚而来的时候，这块巨石应该是当之无愧的中流砥柱吧。也许正是这块巨石将水流逼向了两边的缘故，左边的苍岩下方竟然硬生生地被流水淘蚀得凹了进去。

同行的人纷纷议论起来，涧中的这些随处可见而又杂乱无章的巨石是翻波卷巨澜的洪水裹挟而来的吗？是随风满地石乱走的飓风吹落到此的吗？是天翻地覆的地质运动遗留的产物吗？抑或是当年地藏王菩萨金乔觉前往九华山在此歇脚时信手扔下的吗？

大家好一番费心的猜测，却依然不得而知。

趣石迭出会心乐

石因象形方有趣。东边沟中有许多象形石，越会意，越有趣。

刚入山口，只见右边山峦的顶上，青翠中挺立着几块巨石，人称“戴帽石”，如同一个人戴着古代的官帽向我们走来，恍惚间，我们竟然有了一种沧桑的穿越感。

往前不远，一块棱角分明的大石头形如老猫正探头匍匐在一泓深潭的上方，隐约可见它的胡子上翘，眉头紧锁，鼻子也似乎在嗅着什么，好像随时都会向前扑去，好一副专注捕猎的样子。与之相映成趣的是，在不远处的山包上，一只“小猫”也是活灵活现地紧盯着前方某个猎物。

是谁家的“老母鸡”跑到这半山腰了？仔细一看，这“老母鸡”头尾兼备，正守在那里孵化小鸡哩——它身下隐约可见的石头不正是圆圆的鸡蛋吗？我不知道几千年来，是否有金鸡破壳而出，但“老母鸡”为了孵化下一代千年不变的物我两忘的专注而安详的神情，着实让我感动了一番。

不经意间，一块大石头状如老鹰突然站立在右边的水潭里，由于是侧身，只看到一只脚，故名“独脚鹰”。两只翅膀栩栩如生地交叉翘在后面，长长的藤蔓如一簇羽毛神气地披在头顶，头部略微昂起，似乎正欲展翅飞去。

那边的山顶上是什么？同伴叫了起来。原来，一前一后有两块石头，像极了一只乌龟正追着一只老鳖，老鳖的脖子长长的伸着，分明是因为被穷追不舍故而格外的紧张与用力！按照常理，乌龟哪里跑得过老鳖？偏偏，这只乌龟竟然追起了老鳖！这种不服输的精神让我们在疲劳中又振作起来，继续前行。

险石环生揪心紧

大挂岭附近的右侧山体上，惊现一根由巨石层层堆砌的从下到上足有100多米高的几乎垂直的石柱，但仿佛有人用力狠击了一下，将石柱错开了，上半部分的石柱出现了悬空，眼看着就要掉落。幸得这上半部分的石柱上下有一簇簇映山红正在怒放，让我揪着的心多少有了一点安慰。

在大挂岭脚下抬头向上看，可见蜿蜒曲折的大挂岭左侧有一座像是人工将一块块大小不同、厚薄不一的巨石码起来的近乎九十度矗立的山头。山顶是一块边缘不规则的硕大的石头，与下边的巨石间有明显的裂缝，像是有人松松垮垮将帽子放在那里，令人惴惴不安的是，一阵风吹来，这块帽儿石会不会就滚落下来了？

视线向左边扫过，只见一面几十米高的陡立的石壁上，一块直径两三米的半圆形巨石斜斜地支撑在一块片石上，整个身子似乎正向下面的深渊滑去。我们不由得屏住了呼吸，祈祷大风不要刮过来！其实，在东边沟像这样贴在倾斜的石壁上或者立在很小的支点上的巨石，还有很多，好像稍微用力一推，就能使巨石滚落，既惊险又有趣。

爬上大挂岭的半山腰，回头张望，逆光中似乎有一位头戴肥大瓜皮帽的胖老头端坐在那里，定睛细看，原来也是一座由层层巨石砌成的几乎直立的山头。令人惊愕的是，巨石山体顶端附近，被掏开了一个巨大的豁口，形成了一个石洞，洞顶如同房屋长长伸出的挑檐，只是这挑檐是层叠的厚重的巨石，真担心被掏窄了的基座支撑不住会轰然倒塌。想到刚从下面经过，有同伴直叫后怕。

这石洞险则险矣，却有人曾经上去过。当年，我的一位堂兄望见这石洞里竟然长着最为经久耐烧的“麻刷”（一种山草，学名不知道是什么），便同 3 位伙伴用绳索系腰，顺着令人目眩的绝壁爬进了洞中。他们不仅砍得了上好的山柴，还发现了一个更为惊奇的现象——石洞里竟然隐藏着一座坟墓，这石洞处在上下左右都孤立无援的高耸的绝壁上，古人是如何将棺材放进去的？这个问题如同某些地方的悬棺葬一样，至今让人不明就里。同伴们觉得有点遗憾，我笑道，正好哩，东边沟不是又多了一份神秘吗？

风情万千说桃花

红瓣白蕊，粉瓣黄蕊……大自然神奇地在一朵小小的花上调出如此和谐悦目的色彩系列。这些花朵，或稀疏点染，或密织成霞，即使那风还有缕缕寒意，但是，只要惊鸿一瞥，便使人顿生柔柔的、暖暖的爱怜。

我说的是发洪山脚下大山村的桃花，上百亩的桃林是天人共造的一方柔媚。近年来，每当春风几缕洪山绿，娇羞迷人眼、明灿若织锦的大山桃花便引来游人如蜂蝶。而我与大山的桃花相看两不厌已经几十年了，看得久了，思绪也越发地飞扬，飞出大山，飞过大千世界，飞越历史的天空。

“我们今天是桃李芬芳，明天是社会的栋梁……”当这首歌响起，相信每个人心中都会升腾起家国天下的担当、英雄无悔的豪迈以及弦歌一堂的情谊、图强未来的激情。“桃李不言，下自成蹊”，读到这个成语，相信每个人都会崇尚起律己、正身、内敛、笃实，鄙薄起夸夸其谈、自吹自擂、飞扬跋扈……

但是，今天我要说的，则是另一视角下的一些桃花。

苏轼的桃花是季节的青鸟。“竹外桃花三两枝，春江水暖鸭先知”，北宋的苏轼曾为高僧惠崇《春江晚景》的画作如此题诗。苏轼是大诗人，却也简直与惠崇一样是简笔画的高手，只不过他是用诗来作画，所谓“诗中有画”也。能透过竹子看得见桃花，这竹子显然是疏落的，桃花也只有三两枝，却让意境顿时活色生香起来，还有那一江流淌的碧水，几只游动的鸭子，画面被铺陈得疏淡有致而又动静相宜，简洁明快而又韵味悠长。而更重要的是，桃花开了，不就预示着春江水暖了吗？

苏轼的桃花还是美味的信使。“蒌蒿满地芦芽短，正是河豚欲上时”，桃花开了，蒌蒿、芦芽、河豚也来凑热闹了，蒌蒿、芦芽虽是素面朝天，却能让味蕾绽放出极致的大自然的清香。而在民间，更有“拼死吃河豚”一说，河豚能够让人冒着生命危险去品尝，该是何等鲜美无敌的人间佳肴？能够在贬谪中创出美味东坡肉的苏轼，想必一定会邀请一帮老饕们大快朵颐。当然，隐藏在桃花身后的美味远不止这些，在唐代道号玄真子的张志和《渔歌子》里，桃花就为我们指引了另一种的馋涎欲滴：“西塞山前白鹭飞，桃花流水鳜鱼肥。青箬笠，绿蓑衣，斜风细雨不须归。”苍岩，白鹭，鲜艳的桃林，清澈的流水，青色的斗笠，绿色的蓑衣，在色彩如此缤纷的意境中，竟然还有肥美的鳜鱼可捕可食，那么，斜风细雨又算得了什么？“不须归”才是理所当然的至情至性啊！

白居易的桃花则自唐代带给我们一种哲理的惊喜：“人间四月芳菲尽，山寺桃花始盛开。长恨春归无觅处，不知转入此中来。”《大林寺桃花》清新、平实、隽永。20 年前，我曾经上庐山，经花径到访过大林寺。表面上看，白居易写的是海拔差异下的环境对桃花开花的影响，但是，当年徘徊在花径上，分明听到白居易在我耳边轻语：人间芳华落尽的时候，春归似乎已是无觅处的时候，其实不用埋怨，不用惆怅，只要寻觅，只要探索，山寺会为我们呈现另一种意境，山寺中的桃花会给我们带来别样的温暖。山寺桃花如此，人生命运又何尝不是如此？

刘禹锡的桃花似乎更加出人意料，成了蔑视权贵的嘲讽，甚或是“三十年河东，三十年河西”的宿命。刘禹锡是与白居易同时代的大诗人，曾写过一首《元和十年自朗州召至京戏赠看花诸君子》的诗："紫陌红尘拂面来，无人不道看花回。玄都观里桃千树，尽是刘郎去后栽。"永贞元年（805），刘禹锡参加王叔文政治革新失败后，被贬为朗州司马，到了元和十年（815），朝廷有人想起用他以及和他同时被贬的柳宗元等人。这首诗，就是他从朗州回到长安时所写的，"玄都观里桃千树，尽是刘郎去后栽"，一些新贵不满了，想想自己正是刘禹锡遭贬后得势的，这刘禹锡不是在讽刺自己吗？刘禹锡再度被贬。时事难料，造化弄人，14 年后，刘禹锡又回到长安，再游玄都观时，有意旧事重提："百亩庭中半是苔，桃花净尽菜花开。种桃道士归何处，前度刘郎今又来。"桃花无存，苔藓荒芜——曾经显赫一时的权贵们倒了，就是那一位种桃的道士也不知所终，但"前度刘郎今又来"，快意恩仇，跃然纸上！

桃花，桃林，明媚质朴，温暖祥和，一些欲看破红尘的高人隐士遂将其当作理想的世界。"……忽逢桃花林，夹岸数百步，中无杂树，芳草鲜美，落英缤纷。……豁然开朗。土地平旷，屋舍俨然，有良田美池桑竹之属。阡陌交通，鸡犬相闻。其中往来种作，男女衣着，悉如外人。黄发垂髫，并怡然自乐。……乃不知有汉，无论魏晋。"东晋大诗人陶渊明笔下的桃花源里如此安宁和乐、自由平等，可惜的是，有人"欣然规往。未果，寻病终，后遂无问津者"。也许，正因为难以企及，桃花源才显得格外的令人心驰神往吧？

是花，就有可能被比作美人。桃花是所有花中最早被用来比作美人的，不信？请看——"桃之夭夭，灼灼其华。之子于归，宜其室家。"这是中国最早的诗歌总集《诗经》里的一篇《桃夭》里的佳句，写过《诗经通论》的清代学者姚际恒称此诗"开千古词赋咏美人之祖"。"桃之夭夭，灼灼其华"，寥寥 8 个字，便为我们勾勒了一位像桃花一样娇艳，像小桃树一样充满青春气息的少女形象，尤其是"灼灼"二字，更让人顿生照眼欲明之感。"之子于归，宜其室家"的意思是，这个姑娘嫁过门啊，定使家庭和顺又美满。《桃夭》共三章，相信读过的人都会生发这样的感叹：要是能够与这类桃花般的姑娘相亲相爱，该是多么美好的运气啊！也许，经常挂在我们口边的“桃花运”一词大概就是这么来的吧？

也有用桃花映衬美人的。唐代的崔护在《题都城南庄》中写道：“去年今日此门中，人面桃花相映红。人面不知何处去，桃花依旧笑春风。”春风中的桃花自是娇羞，去年这个时候，“人面”竟能“映”得桃花分外红艳，则“人面”之美该是何等的风韵袭人？今年这个时候，人面杳然，依旧含笑的桃花只能引动对往事的美好回忆和好景不长的感慨了。一个“笑”字，反衬的尽是怅惘、失落与依依不舍！

有了桃花，有了美人，令人心荡神摇的爱情也就不远了。我曾经两次造访秦淮河，第二次看到那刻在石柱上的“桃叶渡”三个字时，依然有一种心中最柔软的地方被击中的感觉。因为，我知道那一场千年不衰的传说依然在这里上演与守望。东晋书法家王献之有个爱妾叫“桃叶”，她往来于秦淮两岸时，王献之放心不下，常常亲自在渡口迎送，并为之作《桃叶歌》：“桃叶复桃叶，渡江不用楫；但渡无所苦，我自来迎接。”从此，桃叶渡声名鹊起。人生难得是情痴，王献之与桃叶的爱情传说，不正是历朝历代饮食男女所向往的日复一日坚守的缠绵悱恻吗？

另一则几百年来一直处于“热搜榜”的与桃花有关的爱情故事，主人公虽是一位青楼女子，却有着明是非、忧天下的家国情怀，正是这种家国情怀将她凄美与坚贞的爱情映衬得更加动人。这个故事就是明末清初的大戏曲家孔尚任笔下的《桃花扇》。故事的开头似乎有些俗套——才子佳人私订终身，“明末四公子”之一的侯方域在南京科举落第后，与兰质蕙心的秦淮八艳之一的李香君一见钟情，侯方域题诗扇为信物以赠香君。但是，动乱的年代尤其是政权更迭之际，越是有着家国情怀的人，他们的爱情越是挣脱不了社会的影响。侯方域是复社的中坚，而复社很是看不起首鼠两端的魏忠贤余党阮大铖，曾经对他大肆挞伐。当得知侯方域手头拮据，阮大铖觉得拉拢他的时机来了，遂假以中间人之手，送重金让他替李香君赎身。李香君看破端倪，义形于色，骂醒了犹豫不决的侯方域，经多方变卖，退还了阮大铖送来的赎身之资，阮大铖因此怀恨在心。事件发展至此，一下子挣脱俗套，凸显出李香君不为利禄所动、香肩担道义的节操了。

后来，在弘光小政权里，侯方域受到阮大铖的诬陷与排挤，丢下李香君，只身逃往扬州，投奔督师史可法，参赞军务。阮大铖等逼迫李香君嫁给漕抚田仰，李香君以死相抗，血溅定情诗扇，后杨龙友将扇面血痕点染成桃花图。胳膊终究扭不过大腿，李香君被阮大铖选入宫中教戏，李香君托苏昆生将桃花扇带给侯方域以述自己坚贞之志。待到她好不容易挣脱阮大铖设置的樊笼，却是桃花依旧，物是人非了。在侯父的淫威逼迫下，李香君被侯方域送往他处孤灯对愁眠，不久便孤独凄苦地香消玉殒。入清后，曾经追随史可法抗清的侯方域却来参加清朝的科举了，以致为时人所讥："两朝应举侯公子，忍对桃花说李香。"更有《清史稿·张存仁传》载，侯方域向清朝总督张存仁献计，掘黄河水淹榆园起义军，至数十万人惨死。人心不古，利禄夺志，侯方域最终变节得连一个青楼女子都不如，真是可叹复可恨。但我分明看到，在他猥琐的形象映衬下，桃花扇上那朵香君的鲜血洇成的桃花更加纯美了！

赏桃花养眼，说桃花怡情。大山的桃花，不，大千世界的桃花，从古至今的桃花，都以其娇柔的风韵、动人的故事，牵动着你我他的明眸与神思。

桃花寻常而独特，人见人爱，有道不完的故事；桃花清丽而芬芳，如诗如画，有说不尽的风情！

高　洼

这个名字听起来有点怪，其实却很合理。相对于后面的高山，这里是洼地；相对于前面的平畴，这里却是高地。

高洼不大，其实是山口的坡地，几缕炊烟袅袅，几声犬吠幽幽。

早年的一个晚上，母亲忽然说肚子疼，三姨妈说喝点高洼的茶吧，于是三姨妈从装稻谷的大缸里找出一个小铁桶，再小心翼翼地打开里面包了一层又一层的黄裱纸，顿有清香扑鼻。三姨妈捏出一撮茶叶来，泡到茶缸里，母亲喝了，很快便说肚子不疼了。茶叶能顺气消食，母亲可能是胀气，这是后来才知道的，但当时喝茶能治病的说法，却让我一下子记住了高洼。

高洼的门户是一大片果园，桃、梨、李、杏，还有苹果。踏青季节，粉红的雪白的淡黄的花儿次第开放能有两个来月，花摇春风风送香，满树满园满成霞满成锦。果园里，道途中，有两棵并排生长的、需几人合抱才能抱过来的古樟，枝叶相交，冠如华盖，这是唐宋抑或明清迎送的短亭，更是从风雨岁月深处走来的一对情人，他们守望着亘古不变的两情相悦。

高洼就在前面。终于，逶迤纯净的山峦和捏得出水的草香将我们拥入怀中，同时也出现了几户路边人家，但我们姑且继续前行。一条山涧横在了脚下，涧上没有架桥，用鹅卵石在涧中垫起了一条路，但浅浅的涧水依然从“路”上漫过；上口则垫了几个高一些的石墩，人可以借石墩涉水，上口也因此形成了一泓浅潭，有几个村妇正在潭里捣衣。尽管每天有人在这里洗洗涮涮，但潭水因为不舍昼夜，在天上日影、水底黄沙的映衬下，粼粼闪动，清澈得仍然可用“醇”字来形容。潭边的老桦树大概也过分地喜欢潭水，身子几乎亲近水面了。几尾当地称之为“硬刺”的山涧小鱼不时地窜过来咬一咬水中的衣物和捣衣村妇的手，但村妇的手一动，嬉戏的小鱼儿便箭一般地钻出去了。

溪水山风不用买，但对于洗惯了带有浓浓漂白粉味道的自来水的山外人来说，恐怕就不那么容易了，这不，同行的几位女伴惊呼道，要是能天天在这里洗衣，就太有福气了！她们干脆赤脚涉水，舒缓的涧水滑过鹅卵石垫起的路，因为有了一定的落差，便发出叮当的悦耳之声，在这样的水之乐曲中涉涧，赤足又被涧水吻着，柔柔的，痒痒的，好不惬意！她们涉过去又涉回来，反反复复，甚至打起水仗来。山野之高洼人为省钱不架桥，却成就了一幅浪漫的少妇嬉水图。

缘溪而上，溪涧底部全是高低不平的大石了，出现了许许多多的微型瀑布，有的地方石块之上溪水之中竟生长着一株水草，为那微型瀑布平添了一份生机和可爱。再往上，就到了在山涧中截流形成的高洼水库下边了，山风一刮，库水便从10多米高的库口泻下来，泻成一道道乳雾之帘，站在下面让人感到随意张开一个毛孔就能豪饮般汲取一串串湿漉漉的水分子。

在高洼，不能不去竹林。就在涧边，就在水库与村庄的中间，有两片，均只有半亩大小，但已经足够了，一竿竿毛竹把希望的绿色张扬得娇嫩俊逸、青翠欲滴，令人忍不住要上前轻啜轻吻一番。迎着疏枝密叶透射进来的烟光日影，吐纳湿润而夹杂着竹之清香的空气，浮躁的心便会清幽静穆，疲惫的身便会愉悦放松；若再细心品味一下那和竹一样与生俱来的虚心自持、高风亮节的风范和宁折不弯、抗霜傲雪的精神，就是一次难得的心灵大洗礼、人格大升华了。

该去一下高洼人家了。我们走进入口处当地出了名的制作土茶的章师傅家，他家清爽爽的靠山的合六间门前，一左一右是两棵高过屋顶的钵子粗的大杏树。那次正是麦熟杏黄时，章师傅说，要吃杏子自己摇吧，于是男伴们爬上了树杈，女伴们则在树下一边摇树一边捡杏子，但猛然间杏子纷纷砸到了树下女伴的头上身上，甚至掉进了她们的衣服里，她们惊笑着闪跳着，但还是抵挡不住诱惑忙不迭地捡拾着。接下来，章师傅为我们每人泡了一杯自制的清茶，茶未入口，一股纯正的清香便直透肺腑。《茶经》云，“上者生烂石，中者生砾壤，下者生黄土”，章师傅的茶就生在乱石窠里，高山幽泉，烂石砾壤，迷雾沛雨，少阳多阴，而且不施化肥，浸润着果树和野草野花的香气，自然造就了茶叶的优良内质。章师傅说，好茶要配好水，这水是源头涧水，纯净且富含矿物质。我们轻咂一口，满口生香，细品之，又觉丝丝甘甜，仿佛腑脏内的酸腐杂味已不复存在，有的只是馥郁绵长。

同伴们仍不满足，还要看一看章师傅炒茶。只见他先是在烧得滚烫的大铁锅里用两手翻炒着青棵，然后取出来使劲地搓揉，是为杀青。再后，又将杀过青的茶叶重新放到锅里，在蒸腾的热气里还是用两手不停地翻炒。此时，我们不得不佩服章师傅的功夫了——我们有谁能够用两只肉手在如此高温的锅里运动呢？近两小时过去，茶叶终于出锅了，只有半斤左右，而且卷曲，呈青黑色。我们说，这么长时间就炒这么一点点，样子又不好看，能不能用机器来制茶呢？章师傅笑了，说手工茶一锅不能贪多，多了不好翻炒，而且何时杀青，何时出锅，翻炒的速度如何，都有讲究，否则不是老了火，就是嫩了火。说到火，手工茶用山柴生火，这种火煮饭都香，炒茶不是更香吗？最好的柴火是栗树或栗树炭。机器制茶，快是快，好看是好看，但没有手工茶这么多的讲究，味道也就不能很好地出来。嗬，这高洼不起眼的茶叶其生长与制作、外在与内质，竟然折射出如此之多的人生况味。

高洼，就在人称山边章的大山村。

洪　山

最初的时候，我以为是红色的红山，那是我看到这座山一俟秋天枫叶便红透了大半。但这座山就是洪山，又叫发洪山，一座与洪水纠缠不休的山；更不可思议的是，山脚下章姓人家聚族而居的大山村还有一个传说——谁要砍了洪山的一根柴，村里就要失火。一座山就这样把不可相容的水与火联系了起来。

洪山山涧奔出不久便到了大山村前，三姨妈的家也就是我后来的家就在涧边，但与涧尚有一段距离。春天，洪涨两岸阔，有时山洪似乎要窜上我家门前几尺高的台阶破门而入了，着实有点吓人。母亲说这并不是厉害的，厉害的是起蛟，且是“美女蛟”，虽是美女，但裹挟着树桩和砂石气势汹涌地一路而来，没有一点美女的温柔。村庄下游的山涧上有座大石桥，遇到块石砌成的桥墩，“美女蛟”翘起两只金莲一蹬，大石桥便塌了。美女蛟似乎与我无缘，但大石桥在山洪暴发后狼狈地趴在涧中的惨象，我倒是见识过。我见识过的还有洪山上的山柴几十年来一直没有人砍过，人们宁愿爬过洪山多淌几身汗去砍柴，也不愿动洪山上的一草一木，怕稍有不慎引起火灾。

洪山并不高，比它身后海拔 660 多米的黄梅尖大概要矮 200 来米，从山脚到山顶最多也不过十几分钟，路也不陡，自然没有高山峻岭的险趣和野趣，像我辈怕吃苦又想登高望远者，洪山倒是最好不过的去处了。山上树木茂盛，以枫树和松树当家，几人合抱才能抱过来的古树只有那么一两棵，大多是只有二三十年树龄的树木。上洪山最好的季节莫过于春秋两季，不累人，景致又佳。春天，遍山的映山红芳香缕缕不绝，花瓣簇簇可餐。此时登山，难免会有细汗渗出来，但可以在路边巨石上小憩一下，任山风拂面，听松涛吟唱，怕是会有一股清爽直透肺腑。秋天，虽然比不上北京香山，但漫山红枫夹着青松，层次分明，疏朗有致，红得热烈，绿得秀丽。此时，天空朗净，山顶极目，远处的长江舞动白练，素雅高洁；近处的田畴敞开衣襟，宁静闲适。山顶是一块半亩大的平地，周边为残垣断石，看得出这是一处建筑的遗址，据说这里曾有一座庙，却名为龙王庙，是祈雨还是镇水？一时间还真的找不到标准答案。现在，庙址上有好事者或者热心人建起了一座小庙，里面供奉着一尊不知是哪方的菩萨，外面则有一座重达一吨的仿铜香炉，反正没有龙王。虽然名不副实，但每月初一和十五，总有一批又一批的香客上得山来，他们中有求财的，也有求子的，有祈福的，也有祛病的，不一而足，想来那尊菩萨真是佛法无边。进得庙来，我有时也会随缘地燃一把香作一个揖，更多的时候却是设法破解洪山的又一个谜——据说，这山巅之上原来竟有一口水井，现在的井水仍然丰盈，但只有大德之人才能得以一见，我辈惭愧，至今没有“法力”撩开这口古井神秘的面纱。

近些年，我常常得陪着一些客人上洪山。关于洪山的各种传说，有客人说这些都是大山人的愚昧与迷信，有客人则反驳说这些正是大山人的智慧与科学，他们吃过乱砍滥伐的苦头后，用极端的说教阻止村人的盲目，收到了保持水土、减少灾害之功效。这后一种说法使我心内一动，笑了起来——近些年村前的山涧里确已没有了特大山洪，我再也不用担心水漫寒舍了，甚至，我的门前又建起了一幢幢别致的农舍。那么，照此推理，那口神秘的古井或许是大山人积德行善的另类经语吧？

这么说着，我们在洪山之巅，又继续寻找那口古井。

走进陈瑶湖

天上瑶池，地上瑶湖，从名字看，就知道陈瑶湖的大气、宝贵和秀美。我第一次接触挽在长江与合铜公路岔弯里的陈瑶湖是在一个秋天，我们乘木船从上午 10 时沿湖边划行，到天黑才绕湖半圈，2 万多亩的陈瑶湖一下子把我折服了。而且，那水在秋阳下泛着柔和的白色的粼光，淡黄的蒿草、墨色的荷茎疏密有致，一叶扁舟在其间隐隐约约，头顶上是几只惊起的水鸟翻飞，此时的陈瑶湖岂不是一幅古典的水墨画？自此，我便被陈瑶湖迷住了。

陈瑶湖是水的楷模。水的各种形态和神韵，如小与大、柔与烈、清与浊，乃至瘦弱与丰腴，陈瑶湖都具备了。当蒿草和芦苇一夜之间拔节而起，满湖的水便被切割成无数个别样的世界，舟行其间，或水波不惊，清幽里如入仙潭；或碧波荡漾，朗亮中天地洞开。那水也已被蒿草和芦苇染绿了，有的绿得浓郁，如儿女情长，简直化不开；有的绿得清秀，如一派天籁之声，静静地温润着我们的心扉。而罡风骤起，蒿草在风的旗帜下聚拢起来，陈瑶湖又浊浪排空，如万宗野马，奔腾咆哮。到了冬天，湖水瘦了下去，湖滩便凸了起来，水与滩嶙峋而遒劲，水与滩吻出的线条柔韧而修长，陈瑶湖展现的完全是一幅瘦金体的书法了。

陈瑶湖是候鸟的天堂。春夏之季，是不知名的小鸟的世界，它们随波逐流，或在空中盘旋，个体虽小，却不屈不挠地展示着生命的顽强；夏秋之交，修长的白鹭来了，它们且飞且住，或临水顾影，一如对水梳妆的村姑般纯情；秋冬时节，大雁和绿头野鸭成了主宰，肥实的绿头野鸭拖儿带女专心觅食，或嬉戏逐水，一副天伦景象；大雁一旦展翅，则排山倒海般地在空中划出蔚为壮观的“人”字形和“一”字形，令人心潮澎湃。陈瑶湖最绝的水鸟当是当地人名曰“蒿鸡”的了，此鸟为陈瑶湖独有，学名是什么根本查不到，双腿修长，以至于在当地形成了一句形容某人身材高大的俗语：“蒿鸡亮胯。”此鸟以蒿草为活动空间，以茭白和昆虫为食，极其高洁，而且情感坚贞，离偶即冲撞而死，令人唏嘘不已，真个是“问世间情为何物，直教蒿鸡生死相许”。另外，《枞阳县志》载，蒿鸡在清代曾为贡品。

传说，在陈瑶湖里插上一根枯竹篙，不久便能长出青枝绿叶。陈瑶湖的肥沃由此可见一斑。肥沃的陈瑶湖自古盛产鱼虾蟹鳖、黄鳝泥鳅，以及莲藕、芡实和蒿瓜，曾有“日出斗金”之美誉。湖边有一村庄“四顾墩”便印证了当年渔事的兴盛。四顾墩昔日四面环水，放眼四望，湖面上白天白帆簇簇，入夜渔火点点。此即老陈瑶湖区八景之一的“四顾渔灯”，“四顾墩”的地名即由此衍变而来。

不知为什么，我总喜欢把陈瑶湖与杭州西湖相比。较之于西湖，陈瑶湖少了一份熙来攘往的喧闹与袒露，却多了一份养在深闺的幽静与神秘；少了一份垂柳拂水的飘逸与俊秀，却多了一份深沉浩瀚的壮阔与大气。而陈瑶湖的荷花丝毫不比西湖的逊色，带着晶露的硕大的荷叶一个挨一个直向天际铺陈开去，托着或红或白的荷花，如梦如歌，清风徐来，彩浪翻腾，满湖清香。秋天，一粒粒莲子犹如一颗颗绿翡翠，在莲蓬里探头探脑，令你立马生出莲子羹在喉的甜润清爽来。莲的地下茎是藕，陈瑶湖的藕根根节节相交相通，由不得你不产生情侣偶（藕）伴的美好情愫，而且这藕可榨鲜藕汁或洗粉冲羹，润喉滋肺；可伴肉清蒸或切片熬粥，生香解馋。

在陈瑶湖畔长大的青年诗人谢思球在一篇文章中则把陈瑶湖与洪湖类比，就其红色的一面，倒也并无多少溢美。昔日 20 多万亩陈瑶湖水域，让新四军进退有据，即使在牺牲 600 多名军民的惨烈的“陈瑶湖之战”发生后，陈瑶湖依然支撑桐东抗日游击根据地坚持斗争达 5 年之久。如今，硝烟散尽，陈瑶湖又是天清水碧。

在陈瑶湖，我时常感觉有清妙的梵音从天际徐来，有不凡的思辨在脑海萌发，有庄严的情愫自胸中涌动。

臭　豆　腐

嘴巴淡得没味，便让妻子弄一盘青椒炒臭干来。

这是一道极简单又极神奇的小吃，也是一道蕴含了深深母爱的佳肴。

读初三的时候，五六月正是紧张的备考时节，常常一点食欲也没有。一日，母亲捏着一叠有点臭味的豆干说：“念书嘴巴寡淡的吧？中午青椒炒臭干改改口味。”我说：“坏了吧？怎么有点臭？”母亲笑道：“没有坏，就这个样子，现在臭，过一会儿你看吧。”母亲在灶屋忙碌，我在堂屋看书。忽然，一种又辣又臭又香的怪味道从灶屋冲来，我不由得咳嗽起来，母亲喊道：“来尝尝。”灶台上，青椒炒臭干已经出锅，青椒自然青翠欲滴，臭干的外表混合了青、蓝、黑三种颜色，母亲将其切成筷子粗的干丝，里面却很白，又被香油裹上了一层浅黄色。我迟疑地夹起一筷子，还未进嘴，便闻到了一丝臭味，但瞬间又有一股说不上来的香气冲进喉咙与鼻孔，让人欲罢不能，我索性大嚼了起来。这是什么香味？想了一会儿，我忽有所悟，对母亲说：“就像时间放长了的臭墨汁化开，那股淡淡的松墨香气出来了。”母亲很高兴，笑着说：“你是念书的，会打比方，讲得对。”臭豆干经过香油的炒制，外面筋道里面嫩，加上青椒的辣味包裹，很有嚼头，而又芳香爽口，令我食欲大开。母亲告诉我，眼下的时令，菜园里的辣椒刚刚打果，这几天都跑菜园，今天才摸得几棵。那时候，别说肉了，豆干也是奢侈品，也没有大棚反季节蔬菜，母亲是何等的用心良苦，我的鼻子有点发酸了。从此，青椒炒臭干便成了我记忆中保留的经典菜目。

豆腐和臭豆腐从何而来？据说，汉高祖刘邦之孙淮南王刘安雅好道学，欲求长生不老之术，不惜重金广招方术之士，形成了“八公”的阵容，包括苏飞、李尚、田由、雷被、伍被、晋昌、毛被、左吴等人。刘安邀八公相伴，登北山而造炉，炼仙丹以求寿。他们取山中“珍珠”“大泉”“马跑”三泉清冽之水磨制豆汁，又以豆汁培育丹苗，不料炼丹不成，豆汁与盐卤化合成一片芳香诱人、白白嫩嫩的东西。当地胆大农夫取而食之，竟然美味可口，于是取名“豆腐”。北山从此更名为“八公山”，刘安也于无意中成为豆腐的老祖宗。而臭豆腐的传说更有点离奇了，一说朱元璋出身贫寒，年少时当过乞丐与和尚，有一回因饿得无法忍受，拾起人家丢弃的有点发臭的豆腐，不管三七二十一，以油煎之，一口塞进嘴里，那种鲜美味道刻骨铭心。后来他当了军事统帅，军队一路打到安徽，高兴之余，命令全军共吃臭豆腐以庆祝之，臭豆腐之美名从此借着皇帝的威名广为流传。一说康熙年间，由安徽来京赶考的王致和落榜，为在京暂谋生计，便在安徽会馆附近租赁了几间房，每天磨上几升豆子做成豆腐，沿街叫卖。时值夏季，有时卖剩下的豆腐很快发霉，无法食用，但他又不舍得丢弃，就将这些豆腐切成小块，稍加晾晒，寻得一口小缸，用盐腌了起来。过了一段时间，打开缸盖，一股臭气扑鼻而来，取出一看，豆腐已呈青灰色，用口尝试，觉得臭味中却蕴藏着一股浓郁的香气，油煎之后，送给邻里品尝，竟然获得一致好评，臭豆腐诞生了。

炼丹不得丹而得豆腐，豆腐坏了却成就了臭豆腐，这些传说一时间颠覆了我们固有的想象。是啊，若一切皆照“种瓜得瓜、种豆得豆”的认识去坚守，倒不一定能够修成正果，但如果换一种思维、换一个角度，那些“坏”了的、“臭”了的“副产品”却有可能大放异彩，演绎出“化腐朽为神奇”的佳话来。

臭豆腐是一个怪家族，这个怪家族里还有一怪，就是“毛豆腐”。安徽休宁县蓝田镇的方鑫玉大姐和她制作的“毛豆腐”因为央视的《舌尖上的中国 2》一下子火了起来，但游人到此，她们一家依旧朴素热情。方大姐说，很久以前，山区生活艰苦，人们对吃不完的豆腐舍不得丢掉，顺手切成小方块，用少许盐腌制一下，经过太阳的曝晒或者用木炭烘干后储存起来。令人意想不到的是，山区气候比较湿润，几天后豆腐上长出了雪白的绒毛，胆大的人试吃后觉得味道挺鲜美的，取名“毛豆腐”。但时间稍长些，便会有淡淡的臭味，故当地人又称之为“臭豆腐”。方大姐对毛豆腐的制作过程毫不保留，完全展示给游人，她说磨浆、点卤、凝固、出模、切块等，与其他地方并没有什么两样，要说有什么不同的话，恐怕除了当地独特的大豆、山泉水，最重要的就是切块后的发酵长毛过程了。切好的豆腐放在竹条上，置于阴暗潮湿的环境里，便不再需要打理什么，剩下的就完全交给时间去赋予它新的生命了。正常情况下，五六天就会长出绒绒的白毛，可不要小瞧这白毛，它可是一种极有营养价值和芳香味道的毛霉菌，而且温度高了低了，时间长了短了，都会对白毛的生长有所影响。

方大姐的一席话，让我忽然心中一动。切块后的豆腐到毛豆腐的神奇嬗变，人们什么也没有加，什么也没有做，就像酿酒、制酱油，就像郫县的豆瓣酱、苗族的酸鱼，从最后一道工序到超越平凡食材本身的终极美味，竟然都是“时间”这个神奇的魔术大师在背后的点拨与演绎——人世间最值得敬畏的乃是“时间”啊！时间能够转化与改变一切，时间也能够磨灭与超越所有！山村农妇方大姐尚能做到“剩下的事都交给时间”那般豁达淡然，而我辈却还经常为眼前的一点鸡毛蒜皮之事锱铢必较、睚眦必报，为当下的一些荣辱得失心存芥蒂、耿耿于怀，真是惭愧得很！

恕我孤陋，火宫殿的臭豆腐我没有吃过，但徽州毛豆腐的记忆却是历久弥新。20 年前，我参加省委办公厅组织的一个培训班，闲暇之余逛起屯溪老街，忽然一股怪怪的臭味袭来，寻味而去，发现许多人站在一个小食摊前。小食摊其实就是一副挑子，这头的平底锅中正用菜籽油煎着长着白毛的豆腐，这是我平生第一次见到长着白毛的豆腐摊主又撒入一些葱、姜、蒜和酱油等，一番“滋拉”作响后，臭豆腐的灵魂被激发和唤醒了，刚才的臭味竟化作了扑鼻的芳香。摊主铲上几块煎好的豆腐用油纸一托交给顾客，顾客拿起竹签扎上一块毛豆腐再蘸上红红的辣椒糊，大快朵颐起来。我也依样画瓢地吃了起来，煎制以后的毛豆腐外焦里嫩，辣呼呼、油润润，鲜醇爽口，芳香诱人，那种惬意与快感真的是无法为外人道也！以后的几天中，我每天必来享受一番。

臭与香，尖锐对立，却在臭豆腐身上得到了统一与转化。臭豆腐经过油、盐、辣椒及火的烹调，香气便占了上风。细思之，臭豆腐真的是辩证法的好案例，中学时读“任何事物都是矛盾的统一体”，有些一知半解，现在看来，此话不谬也。我们不能用单色调的眼光去看待事物，不能陷入非此即彼的二元对立思维的陷阱，世间所有的人和事都并存着貌似不可调和的两面，我们要做的，就是找到那激发和唤醒“臭豆腐”灵魂的关键！

写到这里，又想起臭豆腐的另一个传说。当年慈禧太后在秋末冬初也喜欢吃臭豆腐，还将其列为御膳小菜，但嫌其名称不雅，按其青色方正的样子，取名“青方”，但令老佛爷没有想到的是，一言九鼎的她御赐的“青方”这一名称却并没有流传下来。其实，道理很简单，“青方”固然文雅，却找不到臭豆腐的特色了——读着“青方”的名字，你不觉得有些云遮雾罩吗？没有特色便没有生命，臭豆腐“臭”就要“臭”到极致，“臭”到极致就是“香”！

得，就此打住——老婆的青椒炒臭干已经上桌了！

那一碗锅巴汤

我决定起个大早从江边的姑妈家往回赶。汽车还没有开到1979年我走的路上，连三轮车也没有，又是夏天，几十里地靠一双少年的脚板来丈量，不起早不行。可姑妈比我起得还早，煮了一碗糖水蛋，硬让我吃了再走。我伏在桌子上正吃着，一只小猫不慎将我左胳膊边的煤油灯打倒了，煤油泼了一桌子，煤油味熏得我直想呕吐，但我强忍了下来。

我是第一次到姑妈家，来时走大道绕了路，姑妈说回去可以抄小路，要少走十多里，路不熟不要紧，路在口中嘛。意想不到的是，煤油味似乎越来越重了，在胃里搅起了“海啸”破口而出，且一发不可收，连胆汁都搅了出来，接着又加上了腹泻，走一路，泻一路。我开始感到我的脑袋晕乎乎的了，眼睛无光，额上和身上尽是冷汗，双腿酸软得抬不起来，满嘴的苦味且渴得要命。可是，左右没有一户人家，我已身处一条长长的圩堤上，两边是茂密葱茏的杂树，一点风都没有，只有知了在懒洋洋地有一声没一声地叫着。一种从未有过的恐惧和疲惫如万箭般从体表钻心而来，我打了个冷战，便瘫倒了。

不知过了多久，我似乎闻到一股浓浓的香油味，其中又夹杂着焦锅巴的清香，我便费力地睁开眼皮。咦，这是什么样地方？是油坊！

几条汉子腰间围着白土布大手巾，裸露着古铜色油亮的身体，正在合力抬着一根粗木杵撞击木榨，金黄的香油在木榨上游动着，形成一道油帘子扯进下面的陶制的大缸里。那边拐角是土坯码起来的大灶台，锅盖盖着，一团热气正从锅里冉冉升起。我费力地站了起来，一位榨油的汉子立即注意到了我，“醒呐?”他朝我打招呼，我茫然地点点头。他说：“醒了就好，锅巴汤大概也烧好了。”他撂下活计，跑去盛了一大碗锅巴汤送到我的面前，“看样子，你是又吐又泻吧？焦锅巴汤管泻管吐，最灵。”我边喝边问我怎么到了这里？他说他上午来油坊换班，路过圩堤发现我在那里昏昏沉沉地躺着，周围吐得一片狼藉，便把我驮了来。我惊出一身冷汗，要不是他，在这夏天大中午的，在那不透风的圩堤上昏倒着，时间一长，我恐怕连小命都保不住，他真是大恩人哪！我问他的名字，他说：“想感谢吗？一碗锅巴汤算不了什么的。”其他几位汉子笑了起来，说：“遇到这种情况，谁都会伸手的。你就别费心了。”他们竟然都不肯说！他们又问我是哪里的，我说出了我居住的那个小村子，他们一脸的惊讶，说你怎么走到这条圩堤来了？你走错路了。

焦锅巴汤下肚之后，我终于有了精神，也不再上吐下泻了。那位恩人又提出要送我，走了约莫 1 个小时到了我回家的正路，他才回去。傍晚我到家后谈起路上的遭遇，父母又惊又喜，并提出一定要去感谢，说恩人不说名字不要紧，只要晓得地方就行了。我突然一脸的羞愧，我怎么就没有问清那个地名呢？又因为走错了路，我实在搞不准那个油坊的位置了，惹得父母大骂我糊涂。

今年夏天我决意重走 1979 年那趟刻骨铭心的路程。好不容易找到记忆中的那个油坊的村庄，是为横埠镇的横山村。我打听了七八位村人，有的说油坊早已关闭了，当年榨油的人一拨又一拨的，但似乎谁也没有提到过当年救人的事，“既然他们不提，就是不想你答谢，别费劲了。”但又有几个人称就是当年救人的人，但很快又被同村人当场否定了。面对此情此景，我愈发地不安起来——当年的大恩，我是没有办法言报了，而且当年淳朴的民风有人继承，却也有人丢弃了。不安之后，我又愈发地怀念当年那碗焦锅巴汤，这些年我尽管喝了不少有名无名的汤，能记住滋味的却不多，就让那没有油腻和佐料浸染的最接近本真的锅巴汤所散发的略带焦味的清香，永远萦绕在我的心头吧。

捉　　鱼

鲜鱼美女，是很俗却又很实的排列。鱼在美女之前，足见人们对于鱼之喜好了。本人却认为，鱼之趣不在食，不在钓，而在捉。

小时候，戽鱼捉鱼也是常干的事，但多是田沟里的小鱼虾，至今还大呼过瘾的是 20 世纪 90 年代初期那段时光。那时，各地大挖稻田作鱼塘，梦想走水路发水财，我也被派到集体企业陈瑶湖水产养殖公司，近水职位先得鱼，干的是出纳的差事，爱的却是捉鱼的“勾当”。

鱼塘承包养殖户一般是跟着节气特别是节日捕鱼，以求卖个好价钱。鱼还必须继续喂养，只能就着满池深水捕鱼。十斤鱼百斤力，鱼在水中的力气出奇的大，因为水是鱼的家，家是力量的源泉。水中徒手抓鱼，往往会被大鱼撞得东倒西歪。这时，各类网具就一一派上用场了，平时估计市场要不了多少，就用丝网、旋网，而当端午节、七月半、中秋节、春节来临，市场需求大，几十米宽的拉网就闪亮登场了，当然织的是大网目，为的是捕大留小——市场教会了人们对鱼类资源的保护。拂晓前抓紧下塘，将拉网在池塘的一头排开，至少两个人穿着齐胸的兜包胶裤下到池塘里赶网理网，其他四个人分站在两边池塘埂上使劲往前拉。作为帮忙者，我也和大家有节奏地喊着捕鱼号子：“黑咕隆咚拉大网，嗨哟；天光大亮卖大鱼，嗨哟；卖了大鱼娶美女，嗨哟；娶了美女当神仙，嗨哟……”到得池塘的终端，收网了，满网的鲜鱼在网里泛着银光，东蹦西跳挤成一锅粥，这是拉网人的希望与梦想。满足和快乐瞬间涨满拉网人的胸膛，一切的疲劳都丢到了身后的泥水里！

最壮观的，则是近年来出现在 2 万多亩的陈瑶湖的巨网捕鱼。四五千米的一张巨网从南岸拉到 5000 米之外的北岸，耗时一个来月。一网结束，二三十万斤花鲢、白鲢以及部分草鱼被分割在数个网格中。湖心公路上每天带水增氧的货车络绎不绝，将陈瑶湖无公害的鱼儿拉向上海、广州和东北等地。而鲜鱼从湖中到车上，用的竟然是吊机。这样的场面太刺激了，以至于南来北往的乘客纷纷下车观看、拍照。

网捕让人激动，干塘最是热心。鱼儿离不开水，瓜儿离不开秧。小时候念“城门失火，殃及池鱼”不大理解，现在终于彻底明白了，没有了水，大鱼小虾，黄鳝泥鳅，平时好捉不好捉的，现在都只得鼓腮瞪眼乖乖地任人摆布了。有时冰天雪地里干塘，我躬腰帮忙捉鱼弄得满脸满身泥巴，两只手冻得红虾子一样，却丝毫不觉得冷，盖因一句老话——“鱼头作火”也。

快捷、轻便、有效的捕鱼当数开闸放水的时候了。顺着水流的方向张笼以待，鱼儿便自然地溯流而进。原因很简单，鱼普遍有逆水性，鲤鱼跃龙门是最好的证明了，而长江刀鱼、青海湖湟鱼等不远数百里数千里逆水洄游，虽途中随时可能变成人类盘中美食，但为了繁衍生息，仍然义无反顾，令人唏嘘。

最难捉的鱼是无鳞类，如泥鳅、黄鳝等，因为太滑。形容人类滑头就有这么一句话：“滑得像泥鳅一样。”在泥里抓泥鳅，兜头双手一捧，头不能自主了，任凭再滑也无法挣脱，这也是捕捉桀骜不驯的大鱼最好的办法之一。而黄鳝左窜右突，令人眼花缭乱，这时必须眼疾手快，伸出中指狠狠地勾住“七寸”，就能大功告成了。最神奇的是在茫茫水面上捕捉喜欢偎泥的黄鳝。夏日的傍晚，我们在浊浪翻涌的陈瑶湖湖面上割倒蒿草搭成一堆一堆的，第二天鸡鸣五鼓时分，趁着夜色，轻划小船，屏住呼吸，到得蒿草堆前，用大捞兜使劲一捞，立即反转手腕将蒿草摔进船舱，叉掉蒿草，一条条圆润润的乱钻乱窜的黄鳝便到手了。习惯了洞穴、泥巴和深水的黄鳝夜间也想找个地儿小憩和吐故纳新承露水，岂知司空见惯的漂在水面上的蒿草竟然成了诱人的陷阱！

捉鱼的办法热热闹闹一大堆，归根结底，乃是鱼儿的软肋被人类抓住了。鱼儿劲游，便网罗其中；鱼儿喜水，便竭泽而渔；鱼儿溯流，便张笼以待；泥鳅滑溜，便照头拿住；黄鳝不宅洞穴而出水纳星露，便用蒿草设阵抓捕之。水中族类，毕竟难敌智慧人类！

梦里犹忆老水车

“长在山间松一棵，嫁到人间姐妹多。骨骨节节淌清水，眼泪汪汪唱山歌。”

这是一条打一农具的谜语。一位退休老先生告诉我，他最近将这条谜语打给周边的多位中小学生猜，居然没有一人猜出。而在20多年前，他有一次在初二年级的班会上，说出这条谜语后，竟有一大半的学生很快猜对了。我笑着说，这有什么好奇怪的？20多年前的学生都见过这农具，自然好猜；现在这农具已经消失了，你叫学生如何来猜？

读者诸君有的可能已经猜出了，这条谜语的谜底其实是水车。说来也巧，有位朋友想搞一个农具系列陈列馆，前不久委托我寻访水车。在农村，水车曾经十家有八家拥有，但20世纪80年代中后期以后，往田埂上一放就能抽水的小型抽水机“靠埂泵”逐渐普及，水车很快被其替代了。我寻访了多处，当年的水车不是早已当柴火烧了，就是丢在杂屋里断肢残臂破烂得不成样子了。

水车，乃一种抗旱时的提水工具，名为车，却没有车轮，使用时，反而需要壮汉用肩扛到田间。既然如此，水车为什么叫车呢？我曾经琢磨了很久，想来大概是“车水”一词已透露了秘密——水车一节一节地将水搬上来，也就是将水“车”动的缘故吧。我们这里的水车应该叫作龙骨水车，由开口式车厢、大小轱辘、车辐、刮板和木链条、车拐子（车扶手）等组成，由手车动，而非用脚踏动。那木链根根节节，颇像龙骨，车辐连接像龙脊，车厢像龙腹，车头上翘犹如龙头，车水时又像龙汲水，故名之为龙骨水车。“龙骨车鸣水入塘，雨来犹可望丰穰”，南宋大诗人陆游在《春晚即事》里为我们描绘的农民用龙骨水车车水的场景，生动逼真而又有气势，农民对丰收殷切期盼也拨动了无数人的心弦。“龙”字是历代皇帝专用的名词，龙骨水车却能够在民间叫响和流行，大概是皇帝看出没有水车，就会苍生性命不保、江山社稷不稳，因而默以许之吧。

车水时，用木链将车辐串联起来，套在大小轱辘之上，两层车辐之间放置刮板，便于车辐来回运动，车尾浸在河沟水塘里，如果吃水太深，还要做一支架将小头三分之一至一半架出水面，否则很难车动，车头则架在岸上，并做一个水瓢形的“车水墩”，便于水中转到田里。车水一般由两人站在水车头前完成，大轱辘的轮轴上安装有突出的直尺形“耳朵”——我们这里叫“车奶子”，将车拐子套上“车奶子”，两个人便轻轻一推，再重重一拉，大轱辘旋转后带动车辐从车头向车尾运动，车辐绕过车尾的轱辘后深入水里，将水刮进刮板下面的车厢再送到车头，吐到车水墩里再转到田里。有时，田地离水源远，需要水车经过几道才能盘上来。

关于水车，还有一段颇有意味的禅宗公案。无相禅师有一次云游途中碰到一位青年正在车水，青年说他看破红尘，也要出家学道修禅。禅师便指着水车问青年：“如果水车全部浸在水里，或完全离开水面会怎么样呢？”青年胸有成竹地答道：“水车是靠下半部置于水中，上半部逆流而转的原理来工作。如果把水车全部浸在水里，不但车辐无法转动，甚至水车也会被急流冲走；同样的，完全离开水面也不能带上水来。”听了那青年的话后，禅师朗声说道：“水车与水流的关系可说明个人与世间的关系，如果一个人完全入世，纵身江湖，就像水车完全浸到水里，难免不会被五欲红尘的潮流冲走。假如绝然出世，自命清高，不与世间来往，就像水车完全离水，则人生必是漂浮无根。”那青年恍然大悟，参禅不仅仅在于打坐，下田劳作，乃至吃饭穿衣都是在参禅，所谓“行亦禅，坐亦禅，语默动静体安然”。水车，在禅师的眼里，俨然成了最能度人的佛经了！

开始大包干时，父母经常车水，偶尔我也替母亲搭上一把拐子。但不是拉轻了，就是推重了，动作跟父亲协调不起来。父亲耐心地为我做示范，让我逐渐地跟上他的节奏，足足1个多小时之后，才顺畅起来。父亲说：“车水时两个人心要想到一块，劲要用到一块，配合得当才能把水车起来。”父亲习惯于身教，很少用语言跟我谈起为人处事的道理，这次父亲所说的“同心”“配合”却让我终生受用！

车水也有额外的收获，有时河沟或水塘里的水车干了，会有许多鱼虾、泥鳅、黄鳝等，可用香油煎烤，吃不完的拿到太阳下晒一晒，再加上辣椒红烧，油润润的、香喷喷的、辣呼呼的，真是一道格外下饭的绝顶美食。有一次，我说起鱼虾的好吃，父亲却说道：“情愿不要这些鱼虾！”我一怔，想了半天，终于明白父亲所谓的不要这些鱼，是指虽然有鱼了，却无水可车了，庄稼就要歉收。恰是在那一年，晚稻栽插后连续70多天没有下雨，原本绿油油的水稻变成了枯黄的干草，我第一次体会到“靠天吃饭”这四个字的辛酸与沉重！

做水车，绝对是一件功夫活、细致活，我们这里有一个在家排行老二人称“二木匠”的，他做水车的认真与精细程度堪称一流，具有典型的工匠精神。就拿简单的车辐来说，他不厌其烦地刨啊刨，直到光洁如玉才罢手。整个水车做好后，他反复地摇动测试，有一丁点不顺畅，便要停下来仔细修整，然后拿砂纸将拐拐角角打磨细致，简直称得上光可鉴人了。刷上桐油，阴干，再搬出来，小心翼翼地用抹布将冷灰擦拭干净，再上第二遍桐油，没有四遍是绝不交货的。他做的水车，线条漂亮，质量轻便，运动流畅，经久耐用，是我们那里抢手的“宝贝”。我的父亲也如同其他家主一样，对水车爱护备至，每年使用过后，一点一点地洗去泥沙，晒上几天，刷上一遍桐油，阴干后再置放到高处，防止受潮腐烂。过年还要贴上“福庆”之类的大红纸，有的人家还要包上大红绸。

一次，水车大轱辘的拨齿坏了，拉动中又将木链扯断了，父亲请来正在附近车水的老队长帮忙修理。老队长是个健谈的人，他一边修理一边要我跟他一起对对子，他说过去有一位秀才看见一位老农车水，便脱口而出一句上联：水车车水车吐水。说到这里，老队长卖了个关子，要我来对出下联。我一想，这可不好对，水车是名词，将两个字倒过来，却变成了动词——车水，而后面的三个字是在车与水之间加一个吐字，车吐水实际是水车车水的结果，整个上联道出了水车车水的全过程，自然连贯，浑然天成，这可怎么对呢？就在我抓头挠腮、苦思冥想的时候，老队长用斧头削了一根细细的木楔子，含在嘴里稍微润湿，便用斧子柄一拍，将木楔子顺着拨齿楔到大轱辘里。老队长一边楔，一边说道，当年那位老农做着他一样的动作，指着秀才说，看着，这就是下联：木楔楔木木吞楔！秀才一想，真是妙对，拍手叫好起来。老队长说，别看农民大字不识几个，有的肚子里也有一肚子知识哩，实践是最好的老师嘛。诚哉，此言！

后来，我又读到唐伯虎与祝枝山游戏时所作的一副关于水车的对联，与老队长所说的对联如出一辙，妙趣横生，让我更觉得水车不是俗物了：

水车车水水随车，车停水止；扇子扇风风出扇，扇动风生。

车水是一件苦差事。春季微风徐来，暖意融融，很容易让人昏昏欲睡；夏秋烈日当空，热浪灼人，又使人恨不得钻到水里去。但有一种情况却让我乐得想方设法去车水，那就是与香桃一起，我们同姓同村，她家人口多田地多，车水也多，有时到傍晚，我便让与她一起的兄弟歇一歇，我来替一会。他兄弟巴不得，大概也看出一些苗头，有时竟溜走了。我和香桃相视一笑，便抓起车拐子开始车水。我一只手车水，另一只手忍不住去拉她的手，她使劲捏我一下，脸泛红晕，慌忙四处张望，赶紧松开。我们不约而同地发疯车起来，太阳落山了，我们还不想回去，总要拖到天黑才收工。四下已经没有人影，过一个小水沟，很容易的，我却抢先过去，然后接上她一把，她也很配合地抓住我的手跳过来，我就势将她拉到我的怀里，瞬间又放开，我们什么也不说，心头像小鹿似的乱撞起来。我们赤脚而行，我一会儿在前，为她开路；一会儿在后，做她后盾；一会儿又并行，偷偷撞一下她，而她似乎浑然不觉，而是不断地提醒我：别扎了脚哎。一路上那种窗户纸将捅破未捅破，憧憬和焦虑满怀的感觉真是太美妙了！后来，香桃与我私奔到一起，但婚后400余天，她竟然离我而去，从此阴阳两隔。这么多年过去，每每想到一起车水的情景，我的眼泪总是无法控制地从心底车出眼眶！

“我是你河边上破旧的老水车，数百年来纺着疲惫的歌。”1979年，舒婷在《祖国啊，我亲爱的祖国》一诗中，将老水车当作了落后生产力的代名词，引发亿万人的共鸣。其实，汉灵帝时华岚造出水车雏形，三国孔明改造完善后在蜀国推广使用，隋唐时广泛用于农业灌溉。水车，我的老水车，曾不知疲倦地灌溉了中华民族1700多年！水车，我的老水车，有着怎样广博的胸怀与深沉的大爱啊！

梦里犹忆老水车。不能让我们的后代只在文字和图片中认识水车，因此，朋友所托的寻访水车一事，我还得继续。

过年的味道

许多人说过年是一种祈福与惜时，而我更倾向于过年是一种牵挂与孝敬。相传，“年”是一种带来坏运气的想象的动物，“年”一来，树木凋敝，百草不生；“年”一“过”，万物生长，鲜花遍地。对于“年”之怪兽，古人在烧火和燃放爆竹吓唬的同时，借助天帝和祖先的力量驱赶，《周礼》载，岁首之日“祀五方帝及日月星辰于郊坛”。汉代则有“荐黍糕于祖弥”的记载（崔寔《四民月令》），于是“年”便过去了。这种对天帝和祖先的祭祀，暗合了一种牵挂与思念，一种团聚与孝敬。与祖先在一起就是力量，就能驱邪避鬼，游子走得再远也放不下对家乡牵挂与思念，祖先为大敢不回家祭祖与团聚吗？

东乡春节的祭祀，从腊月二十四的小年“接祖”一直延续到出元宵的正月十六“送祖”，在这紧密而漫长的祭祀中追思和缅怀祖先的劳苦丰功，一种祖先不易的感叹与敬佩便会不由得生发出来。父亲说：“尊重死者是做给活人看的。”通过反反复复的祭祀祖先，对健在的长辈的孝敬便不断地被强化，并在生者中一代一代地传承开来。

记得世纪之交那些年，每到年关，数以万计的民工，打点行囊，挤在闷罐般的车船中，忍受着污浊的气味，满脸倦容地朝家的方向奔去。他们平时连好一点的盒饭也舍不得买，这时却偏偏赶在车船费最贵的时候回家，这种似乎令人费解的现象背后，正是春节特有的牵挂。当他们重回魂牵梦萦的乡音之中，在外打拼时积攒了一年的委屈，便被家中饭桌上飘飞的香味所消解，一下子神清气爽了。

过年，须贴春联，放鞭炮。春联和鞭炮最初都是为驱邪禳灾的，大约自周代始，以为“桃西方之木，味辛气恶，物或恶之”“桃者五行之精，厌伏邪气，制百鬼”，乃有“桃梗”之设，至魏晋称“桃符”，上书“神荼”“郁垒”二神之名以压邪。后来，设桃符则敷衍为贴春联，如今贴春联早已没有了驱邪的意义，而演化成一种喜庆，看那俊秀飘逸寓意深远的春联，实在是一种艺术的享受和性情的陶冶。“风移兰气入，春逐鸟声来”“春情寄柳色，日影泛槐烟”，均是旧对，读起来仍如清风扑面，明快、欢畅、优美。“党心、民心、万众一心，科学发展春风起；国运、家运、宏图大运，社会和谐旭日新”，从党和国家的高度写起，对应人民和家庭，把“科学发展”与“和谐社会”的理念贯穿其中，又有春风四起、旭日初升的自然景象，磅礴大气又怡情怡性。

至于燃放鞭炮，在《诗经·小雅·庭燎》篇中，就有“庭燎之光”的记载。所谓“庭燎”，就是用竹竿之类制作的火炬。竹竿燃烧后，竹节里的空气膨胀，竹腔爆裂，发出噼噼啪啪的响声，这也即是“爆竹”的由来。一年又一年，燃放鞭炮也变化为一种娱乐活动，由鞭炮而焰火，“满路硫香爆竹烟”成为欢度春节的最主要的标志。放鞭炮的味道在于一个“放”字，小心翼翼轻轻掂掂地点火，看那引信嗞嗞地燃烧，心情格外地紧张起来，特别是小时候放一种叫“高喜”的炮仗，需捏在手里，松不得紧不得，心瞬间就像小鹿似的乱撞了，忽然，噼里啪啦地炸响了，人便如空中的那簇花雨地上的那片落红，一下子绽放出满脸的欢笑。这种须臾之间由大紧张到大快乐的转换，实在是回味无穷，曼妙无比。现在大家意识到放鞭炮污染空气，有人便提出用音响替代，却直如和尚用录放机播放替代念经一般不伦不类，我们要的乃是一种“动作”，只有亲历亲为的体验才够味啊。纠结了！

过年，须天气寒冷，最好有雪。我一直有一个很可笑的疑问：年为什么要在腊月底过？答案其实很简单，过年是农耕时代的产物，腊月农闲了，有的是时间和心情置办年货，包括杀年猪等等。更重要的，这个时候是一年最寒冷的时候，又寒又冷其实很好，不仅丰盛的年货不会坏掉，而且寒冷让人变得特别闲适，要是暖冬，人就会不由自主地陷入奔波劳顿中不能自拔。再来点雪，哪怕是大雪，就更好了。今年过年，许多游子因大雪被阻归程，我们为此一连几天到合铜高速上铲雪扫雪。但雪中受阻，在焦虑中却加深了与亲人彼此的思念，倒也使年味更加浓厚了。况且，赶上50年一遇的大雪，对于匆匆几十年光阴的人生来说，也算是一种幸运。

不说堆雪人打雪仗，也不说伊人踏雪寻芳、梅花凌雪傲放，单就那火锅是一定要拿出来了。一位作家的名字记不得了，但他描绘的一幅场景却无法令人忘怀。入夜，室外白雪皑皑，室内父母带着几个孩子围坐在炭炉四周，孩子们眼巴巴地盯着火锅，父亲卖关子似的就是不揭锅，还是母亲忍不住了，锅盖一掀，呵呵，锅内白色的热气一下子蒸腾起来，一会儿便见一块块的豆腐如白色的小精灵在翻腾舞蹈，孩子们顿时欢呼雀跃了。瞧瞧，一撮红红的炭火与遍野的白雪相映衬，是一幅何等富有诗意的简洁而生动的画。还有，这里是炭炉，需用嘴对着吹气，炭火便一阵一阵地旺起来，尽管有炭灰沾上脸面，但伴着渐旺的炭火和咔嚓的炭裂之声，由自己的劳作而带来了享受，这享受便被放大了，这炭炉岂是时下任何一款自动化的电炉所能比拟的。至于火锅的主料贱如豆腐也不打紧，这雪夜温馨的氛围和蒸腾的亲情，自然胜过一切的山珍海味。

写到这里，小镇上除夕的鞭炮与火花一阵紧似一阵地凌空炸响了。探头窗外，一副副大门上红底金字的春联和一片片屋顶上上苍格外恩赐的晶莹的白雪，在流光溢彩的焰火的反复辉映下，梦幻般让人着迷。儿子已经催着快吃年夜饭好放焰火了，还是赶紧坐到火红的炭炉前，揭开氤氲在香气四溢的乳白色蒸气中的锅盖吧！

到哪里去找门当户对

看到这个标题，一些读者可能笑了，天涯何处无芳草，这个时代只要是你情我愿，哪里没有“门当户对”？只要是自己的“菜”，谁还管得了门不当户不对？

呵呵，我要说“门当”与“户对”只是古建筑的两个配件，你信吗？我们就来找找看。

水圩谢氏宗祠大门的二重门上有一些物件令时下许多人不识，一是大门左右各有一圆形石鼓，二是门楣上有四根突出的圆木。其实，这些东西正是我们经常挂在口上的“门当户对”也。

当然，我们常说的“门当户对”，强调的是婚姻中双方家庭的经济与政治地位相当。元朝王实甫《西厢记》第二本第一折：“虽然不是门当户对，也强如陷于贼中。”明代凌濛初《二刻拍案惊奇》第十一卷：“满生与朱氏门当户对，年貌相当，你敬我爱，如胶似漆。”这是延续了多少代的明显带有封建等级制度的根深蒂固的婚姻观。若不如此，便会受到重重阻力，难以婚配。卓文君与司马相如私奔，当垆卖酒，最后皆大欢喜，乃是个例。许多“老鼠爱大米”，往往会落得一堆讥讽，如“癞蛤蟆吃天鹅肉”“鲜花插在牛粪上”。婚姻中的“门当户对”观念，实则由古民居或祠堂大门组成部分的实物“门当”与“户对”借喻而来。

嵌在门楣上的正六角形的方木或者圆木，俗称“户对”，其上按照主人的官阶品级涂以油彩或图画，或写上吉祥福寿等祝语。这些都是地位的彰显，门楣上的“户对”越多地位越高，所谓的“光耀门楣”即由此而来。但门楣上的“户对”使用有规矩有讲究，一般按二四十二之数。门楣上有两个“户对”的，对应的是五至七品官员；门楣上有四个“户对”的，对应四品以上官员；至于十二个“户对”的，则只能是亲王以上的品级才能用。

“门当”，是建筑学上称为“门枕石”的一部分，俗称门墩，又称门座、门台、门鼓，抱鼓石用石鼓，是因为鼓声宏阔威严、厉如雷霆，人们以为其能避鬼推祟，故民间广泛用石鼓代“门当”。“门当”形状有圆形与方形之分，圆形象征战鼓，喻武官；方形借指砚台，喻文官。有“门当”的宅院，必须有“户对”，这是建筑学上和谐美学原理。

此外，门前台阶也有要求，一般讲究门高于路，但究竟可以修几级台阶，得按官阶来。六七品官员门前台阶不能高于二级，五品官门前台阶不能高于三级，以此类推，但台阶数目最高不能超过八级，超过八级那就是九了，九乃数之极，除了皇上谁也不能用。随着官员晋升，门前的台阶数目会慢慢增加，文人们经常谈的一个词“进身之阶”，其中的“阶”就是由此而来。

水圩谢氏宗祠门楣上的“户对”有四个，盖因其祖上有四品以上的官员，清代山西右布政使谢佑乃从二品。该宗祠的门当乃圆形，大概是因为其祖上文官武官皆有。而名气最大的谢安做过大都督，也可视为武官吧，该宗祠的门前台阶为四级，按其祖上的官阶，此乃谦虚了。

“门当”与“户对”，用料普通，意趣不凡；物件虽小，主题宏大！

在水圩穿越去看淝水之战

走近陈瑶湖镇水圩村的省保单位——桐东区抗日民主政府旧址谢氏宗祠，大门上的一副对联“东山绵世泽，淝水振家声”经常会引发人们的好奇：“淝水”是淝水之战的淝水吗？这里怎么与淝水之战有联系？

答案应是肯定的。水圩谢氏宗谱载：“本姜姓，神农后，自周宣王元舅申伯受封于谢城，以为氏，厥后旺于陈留，汉焦公令山阴，遂家东山，晋咸亭侯裒公从元帝渡江而南迁居阳夏。”“生子六……三安石公官太傅，迁会稽……再析徽歙黄山中鹄乡……宋时仁溥公迁桐城高溪里……克明公官至宣尉始迁朱津渡，子孙蕃衍，支分派别，析居水围(圩)、苎城、青山、朱家嘴……”由此可见，水圩村的谢姓源于安石公，即大名鼎鼎的谢安。

站在谢氏宗祠前，让我们立即穿越到1600多年前的东晋时代，去拜会谢安并观看有名的“淝水之战”。

谢安（320—385），字安石，号东山，东晋政治家、军事家，浙江绍兴人，祖籍陈郡阳夏（今河南省太康），死后追封太傅兼庐陵郡公，世称谢太傅、谢安石。谢安年轻时以清行著，拒绝朝廷征召，其中只做了一个多月的官，便辞职了。后来干脆隐居在会稽的东山，与王羲之、许询、支道林等名士名僧频繁交游，出则渔弋山水，入则吟咏属文，挟妓乐优游山林，曾遭不少大臣的指责，然而谢安却不屑一顾，泰然处之。后其弟谢万骄横兵败，为挽救家庭和东晋政局，在升平四年（360）征西大将军桓温邀请谢安担任自己帐下的司马时，谢安接受了，留下了“东山再起”的成语。有趣的是，谢安后来在淝水之战中不仅成为统帅战争的高人，而且竟然与对手“合作”，成为制造成语典故的高手。

太元八年（383），苻坚率领号称百万的大军南下征讨东晋，有大臣劝谏，说依星象之见，今年不可南下，况东晋有长江天险为阻。苻坚说星象之事未可尽信，至于长江，我们兵多将广，投鞭于江，足断其流，何惧天险？成语“投鞭断流”，源出于此。苻坚亲率大军，兵临淝水。东晋都城建康一片震恐，谢安镇定自若地以征讨大都督的身份派侄儿谢石、谢玄、谢琰和桓伊等人率兵八万前去抵御。这一场兵力极不对称的大战前夕，许多人不安，谢安却依旧从容不迫，悠闲自在，竟以别墅为注与友人下围棋，遂稳定了军心民心，其实暗中早已安排了御敌之计。苻坚的前锋首战便被打败，苻坚朝远处的八公山望去，一阵西北风过，苻坚感到八公山上似有无数晋军在运动。其实，哪来的晋军？侥幸逃脱追击的士兵在逃跑的路上，听到风声、鹤的鸣叫声，都以为是晋军来了，成语“草木皆兵”“风声鹤唳”即由此而来。晋军大败前秦后，谢安看完捷报，顺手放在座位旁，不动声色地与客人继续下棋。淡淡地说：“没什么，孩子们已经打败敌人了。”当然，这样的淡定多少有点“装”，客人告辞以后，谢安到底抑制不住喜悦，舞跃入室，把木屐底上的屐齿都碰断了，但也留下了“围棋赌墅”的成语典故。

谢安淝水一战有些功高盖主之嫌，司马氏皇室有所戒备了，因而没有给他封赏，但他毫不介意。《晋书·桓伊传》载，谢安的遭遇引起了一些正直人士的不满，中郎将桓伊就是其中之一。有一天孝武帝宴请群臣，命桓伊吹笛。吹毕，桓伊又要求抚筝与人吹笛合奏，帝允。桓伊便抚筝而歌，他唱的是一首《怨歌》：“为君既不易，为臣良独难。忠信事不显，乃有见疑患。周旦佐文武，金滕功不刊。推心辅王政，二叔反流言。”在座的谢安听了，泣下沾襟。孝武帝听了桓伊借古讽谏的《怨歌》，脸上亦露出惭愧的神色。退朝后，孝武帝突然亲临谢安宅，谢安焚香恭迎。孝武帝见谢安堂前瑞柏枝叶繁茂，称赞道：“宝树也。”并亲书谢安宅为“宝树堂”。此后，“宝树堂”便成了谢氏最负盛名的堂号。所谓堂号，即祠堂的名称或称号，主要用于区别姓氏、宗族或家族。

另外，《晋书·奕子立传》载，有一天，谢安在教育子侄时说：“子弟亦何豫人事，而正欲使其佳?”意思是说，做父兄的为什么总要教育自己的子弟，使他们往好的方向发展？在座者都回答不出来。只有侄儿谢玄回答说：“譬如芝兰玉树，乐其生于庭阶耳。”意思是说，好的子弟好比芝兰玉树，父兄想让这些好花萃树栽在自己的庭院里，为家门增添光彩啦。听了这得体的回答，谢安大悦。以后谢玄一支族人便以“宝树堂”为堂号。

历史上，真正让“宝树”二字名动天下的推手，非“初唐四杰”之一的王勃莫属。他在《滕王阁序》中写道：“勃，三尺微命，一介书生……非谢家之宝树，接孟氏之芳邻。”谢家之宝树即指上文所说的谢玄，比喻好子弟。“接”通“结”，结交。孟氏之芳邻，见刘向《列女传·母仪篇》，据说孟轲的母亲为教育儿子而三迁择邻，最后定居于学宫附近。王勃在这里说，自己不敢说是谢玄那样的人才，却结识了诸位名家。既奉承了在场的宾主，又表达了自己的谦虚和庆幸。

淝水之战两年后，谢安故去，司马曜方才因淝水战功追封他以太傅兼庐陵郡公。

粪土金钱、浮云权贵的豁达，以义会友、寄情山水的风流，不拘礼法、恣肆无忌的不羁，神识沉敏、以少胜多的自信，处变不惊、谈笑风生的洒脱，使谢安成为一座人文的丰碑。李白在“安史之乱”中有诗赞曰：“三川北虏乱如麻，四海南奔似永嘉。但用东山谢安石，为君谈笑静胡沙。”

淝水之战是以少胜多的经典之战，使谢家的声望达到了顶点，水圩谢氏宗祠大门对联“淝水振家声”所指即此也，其上联“东山绵世泽”，盖因谢安曾隐居东山，又号东山，直言水圩谢氏一脉乃受东山谢安恩泽所发。

水圩谢氏宗祠大厅还有对联“宝树喜盈阶禹甸周疆风景这边独好，东山舒望眼尧天舜日江河如此多娇”“过牛渚矶头尚怅望将军夜月，游乌衣巷口犹想见太傅风流”，乃是借宝树、东山、乌衣、秦淮等意象，既追念先人功德伟绩，歌颂祖庭风水胜境，赞美九州山河壮丽，又同样是追溯水圩谢氏水源本土，昭然来历荣光。

一扇在手

骄阳似火，热浪灼肤。许多人躲进空调成一统，我却经常一把蒲扇在手。

东乡有江湖，有山峦，与有着“火炉”之称的南京、武汉相比，小环境自然要宜人得多。生活于斯，算是有福气了，但也不至于不需要空调和电扇。我之所以常常喜欢摇扇，盖因拿传统的摇扇与空调和电扇相比，竟然比出了许多妙处：空调和电扇风大风凉，但很快让你“沉静”下去，扇子却一直让你非“动”不可；空调和电扇潜伏着氟利昂电磁波，扇子只是自然风的搬运工；空调和电扇不能随我而动，扇子却可以走到哪带到哪。特别是，空调和电扇是一堆钢铁、塑料的生硬，扇子却承载着那么多的人文、情感、智慧与艺术，以及掌故和趣闻。

扇子历史悠久。扇子最初的叫法很多，其一是叫“翣”（shà），“羽”和“妾”联合起来表示“总是像侍妾那样立在主人两旁的羽毛扇”。扇子有说最早出现于商代，有说虞舜时就有了，谓“五明扇”。晋代崔豹的《古今注·舆服》记：“五明扇，舜所作也。既受尧禅，广开视听，求人以自辅，故作五明扇焉。”《尔雅》有“以木曰扉，以苇曰扇”之说，早期的扇子可能是长方形的苇编物，后来，用材越来越讲究，有丝绸的、羽毛的、纸质的等等。秦汉以后，扇子的形制主要有方、圆、六角等形，其中圆形又叫团扇，宋以后折扇开始流行。

扇子是身份的象征。扇子最早的功能不是纳凉，而是代表着权力和地位。见过电视剧中帝王身后宫女手执的长家伙什吗？那叫掌扇，是以孔雀翎装饰的，很长一段时间，连王公大臣也不敢擅用，那不是扇风生凉的，而是用作帝王仪仗的。最早的时候，帝王当仪仗用的扇子扇面很大，扇柄在扇子的一侧，就像一扇单扇门，单扇门在古代叫“户”，帝王出行，大扇子左右开合也像门户，“扇”字之所以从羽从户，盖出于此焉。

执团扇的，一定是小姐贵妇。团扇是用绢绸制成的，故又称为罗扇、纨扇，显得娴雅、娇柔、文静、高贵，又形如圆月，暗合中国人团圆如月、合欢吉祥之意，故又称为合欢扇。这些特质不正是雅致盎然、浪漫思春的小姐贵妇趋之若鹜的吗？

小姐贵妇的扇子是柔情似水，相思幽怨。那位歌女在与周邦彦“人今千里，梦沉书远”之际，故作轻松，“闲依露井，笑扑流萤”，不成想难掩重重心思而致用力有些过，“惹破画罗轻扇”，一个“破”字道出了怎样妩媚深婉的不舍，又怎不叫人柔肠千转？杜牧见到的是云鬓高挑玉胸微露裙袂飘飘的宫中仕女，在“银烛秋光冷画屏”的暗淡而幽冷的背景下，“轻罗小扇扑流萤”，扑住的是腐草所化的流萤，扑起的则是孤冷与索寞中的婀娜多姿与万千风情，尽管“天街夜色凉如水”了，却还在“卧看牵牛织女星”，幽怨怀春的心思都在这一“看”之中了。最幽怨的当数汉成帝妃嫔班婕妤了，因赵飞燕入宫而失宠，故作诗云：“新制齐纨素，鲜洁如霜雪。裁为合欢扇，团圆如明月……常恐秋节至，凉飙夺炎热。弃捐箧笥中，恩情中道绝。”以秋扇之见弃，比君恩之中断。

玩折扇的，不待说，非文人士大夫莫属了。折扇上有图画题字，颇可玩味，且收合自如，携带方便，出入可以藏在袖中，故有“怀袖雅物”之称。文人士大夫广结交，好互动，扇子能纳入袖中，自然最好不过了。据说，就连明成祖朱棣也非常喜欢，真可谓“轻摇慢颂帝王风，至尊怀袖有雅物”。

文人士大夫的扇子是儒雅风流，气节风骨。折扇的舒收自如，在于有扇骨支撑转换，扇骨多为竹制，这就让文人士大夫们思绪泉涌了。扇子冬藏夏出，顺应时令，谓之“气”；扇骨由竹制，竹子高节挺拔，谓之“节”；扇子轻摇，风动凉生，谓之“风”；扇子有架支撑，谓之“骨”，一扇在手，便“气节风骨”相伴，何等大雅，怎可不玩？不过，若要说爱扇子爱出“气节风骨”，摩肩接踵的七尺须眉中，真还没见到几个。倒是秦淮河畔香艳柔弱的李香君，在夫妻离散、山河破碎之时，不事权奸，为侯方域、为大明朝守志，血溅而成桃花扇的故事，把一个脂粉歌妓的骨气与节操玩得让许多男人脸红心跳。

如果说“气节风骨”有点虚，那么，文人士大夫在扇子上表现出的洒脱、风流和儒雅，却是实实在在长在骨髓，见诸日常的。哪怕天气渐凉，文人士大夫们也仍然喜欢手持折扇拜亲会友，手腕只一转，折扇便完全舒展开来，再一转，折扇又忽地严丝合缝，倏忽之间，尽显利落与潇洒。文人必得琴棋书画，而一方小小的扇面，尺寸之间，却可以尽情泼墨，占得四雅之二，岂可放过？于是，扇面书画风行开来，山水、荷花、菊花、梅花、竹影、仕女、罗汉、童趣等五花八门的绘画，以及疾厉、徐缓、飞动、顿挫的书法，纷纷借开合的扇面展现出来，既可沉浸把玩，又可传世收藏，既可抒情达意，又可尽显儒雅。故宫博物院藏有一把明代第五个皇帝朱瞻基画的折扇，一面是柳荫赏花图，一面是松下读书图，听听名字，似乎就能腋下生凉，心中畅爽。

有时，一些文人士大夫的悲悯情怀也借扇尽显。诸如，王羲之为老妇人在扇上题字抬高扇子身价，谢安抹下脸面为老乡推销 5 万把葵扇，苏轼为因欠债被讼的街坊画扇热卖偿债，以及文人们创作出来的济公那把行善除恶、匡扶正义的神奇的破芭蕉扇……

轻摇羽毛扇的，显然是谋士军师了。最经典的当数诸葛亮，他一出场，必不可少的一个符号就是手中那柄羽扇。周瑜也被苏轼描述为“羽扇纶巾”，但周瑜的羽扇见没见到，我们似乎并不关心，要是诸葛亮忘记带羽扇，“粉丝”的一场“内战”恐怕必不会少。

谋士军师的扇子是无尽智慧，万千韬略。每临大事，诸葛亮羽扇在胸前轻摇，好似唤醒胸中雄兵百万，决胜千里便成定局。诸葛亮的羽扇究竟是什么羽什么柄，考证太多，也无意义。我宁愿相信那是一把平常的鹅毛扇，不仅能拉近诸葛亮与普通大众的距离，而且诸葛亮出山时，老岳父黄承彦宰鹅饯行，随手用鹅毛制成鹅毛扇，似乎合情合理。更重要的是，鹅最机警最忠诚，一有风吹草动便警觉护卫，这一点作为黄承彦的临行嘱咐，自然符合逻辑。后来，诸葛亮真的是一生谨慎，机警善谋，夙夜在公，鞠躬尽瘁。

拿蒲扇、麦秸扇的，自然是平头百姓了。其用材普通，制作简单，价格低廉，得之不费难，失之不足惜。

平头百姓的扇子是自由快活，实惠实用。吊在腰间，插在后背，田间劳作可带，树下纳凉必备，出太阳遮阳，下小雨挡雨，扫灰尘垫屁股，挠痒痒打蚊子；稚子在长辈摇动的清风下酣甜入梦，爷爷拿来敲打淘气的孙子孙女，奶奶用作扇风烧炕引煤炉。可以是“蒲扇轻摇暑，蕉衫短受风”的随意闲适，可以是“辛劳无计数，左右掌风云”的狂放不羁，不拘礼，不囿形，兴之所至，物随我用。

哎呀，键盘敲打出这么多扇子的故事，自己却忘了扇扇，出汗了。便拿起放在旁边椅子上的那把蒲扇，折扇太秀气，蒲扇最管用，几番吐纳，周身清爽。老土？且慢，农民朱之文穿着一件老土的军大衣以“大衣哥”的姿态登上了央视春晚，村妇徐桂花戴着一顶老土的大草帽以“草帽姐”的风范走上了星光大道……越是老土的，越是时尚的，哥告诉你一个秘密，你若于长安街身着短蕉衫大裤衩，轻拂一把老蒲扇，绝对“刷屏”！

菜园小语

我常常运用通感的手段以双眸与她对话，她则以泥土和各种蔬菜的形式与我小语。这个时候，我的位置是在二楼蜗居的走廊里，她则与我隔墙相对。

她，就是院外的那片菜园。

（一）

深秋的一个下午，女主人谢嫂开始翻耕菜园，引得一向有些慵懒的阳光异常兴奋，在锄口上舞蹈起来。不一会儿，零乱的菜畦变得井井有条，灰褐色的新土如搽了头油一般光鲜。随后，谢嫂用锄头为白菜苗拓出一个个新家，再一一小心地扶进去，并恰到好处地喂水解渴。傍晚，再一次看那菜畦时，我的心格登了一下，由于谢嫂的粗心，有一株同样娇嫩的菜苗成了孤儿，可怜巴巴地躺在菜沟里，根须委屈地踢打着我的双眸。我想，这样下去，这个弱小的生命注定要夭折了，想提醒谢嫂，谢嫂却早已离去。

过了一些时日，这件事也就淡忘了。虽然下了几场霜冻，但毕竟是暖冬，白菜又繁茂成一片成熟的青翠。一天，我惊奇地发现那棵原来躺在菜沟里的白菜苗竟然一心牵挂着生命的泥土，顽强地在菜沟里和她的姐妹一样站成了亭亭玉立的少女，绿油油，水灵灵。

这一意外的发现使我感慨万千。是啊，被遗忘抑或遭遗弃并不可怕，只要心不死，只要认清自己的精神家园，并且为之挥洒心血，就照样能够张扬出一片灿烂。

（二）

淅沥沥的春雨借着风的旗帜，隔三岔五地扯了下来，滋润得白菜疯一般地抽薹，且花黄点点，如同头插簪花的腆着大肚子的孕妇一样令人骄傲。可是，一日早起，我发现白菜已被谢嫂铲尽，菜畦一片狼藉，只剩下几片菜叶在风中坐等枯萎。霎时，一丝悲凉掠过我的心头：韶华如梦，来去竟是如此匆匆！

一日，素喜青椒炒肉丝的小儿忽然兴奋地拉着我再看那菜地，说："可以买到新鲜辣椒了！"可不是，白菜根还没有完全烂去，旁边的泥土里不知什么时候已长出了一株株健壮的辣椒，如同一把把绿伞，伞下面挂着一颗颗绿翡翠，格外地逗人爱怜。

可是，当初在白菜铅华落尽时，我为什么就没有发现菜园里还孕育着这样的一种生机盎然呢？

是的，人生如同菜地，当一段风华不再时，用不着悲伤，只要生命的土壤还在，耕耘不止，就一定会生长出另一片全新的风景！

（三）

院外的菜园其实有两片，另一片的主人是一位小伙子，姓汪，小夫妻正月里将菜畦整理了一下，并且撒下了一粒粒蚕豆种子，然后，锁上大门，双双外出闯荡去了。

谢嫂也在菜园里种了一畦蚕豆。晨曦里，夕阳下，谢嫂勤勤地锄草浇肥，蚕豆一天天地出落得可爱了，像是精心挑选的舞蹈学院的女孩，一样的个头，一样的俊俏，一样的丰韵。小汪的蚕豆人种天长，开始时还算齐整，很快便呈现出营养不良的饥色，稀稀落落，高高低低。再后来，杂草起来了，再再后来，俗称小鸡草的杂草几乎疯了一般，盖过了蚕豆。

谢嫂又到菜园了，她一边采摘蚕豆，一边剥壳，旁边的小女儿不甘寂寞，用一根棉线将蚕豆壳串起来，再两头扎起，刹那间，脖颈上便有了一条“翡翠项链”。这时，小汪的分家另过的母亲路过菜园，她“啊呀”了一声，站到杂草里找寻，接着便失望地咕噜道：“有的连禾子都没有长起来，长起来的也没有灌浆，搭掉一季了。”

两畦蚕豆，一种启示。诚然，土地是博爱的，但爱是互动的，如果不为之奉献，收获的只能是盖过蚕豆的杂草。

花　非　花

不知怎么就爱上了养花。当然作为门外汉，关于养花的宝典之类是绝不敢妄谈的。但正如一些花枝，旁逸斜出，难免偶尔由花想到非花。拾碎捡零，便成此拙作。

菊根·菊花

一日心血来潮，跟着朋友到某地“偷”了几棵菊花移到盆里。一番侍弄，菊花倒不负人，花骨朵硕大无朋，金黄色的花瓣丝丝缕缕，如簪缨般紧密有序的簇着花蕊，显得是那样的雅洁高贵，为萧条的秋冬和散乱的陋室增添了一抹亮丽的色调。菊残过后，按照朋友的指点，将盆土依然保持湿润，加上现在是暖冬，只过了一个多月，又生出了新枝。朋友说，隔年的菊花要扦插，新枝保留在老根上其花朵很难大起来。我半信半疑，于是将部分菊花进行了扦插，而让部分菊花任其在老根上生长，两部分浇同样的水，施同样的肥。

花期又到了，扦插的花骨朵尽情地舒展，保留在老根上的新枝花骨朵似营养不良，面露饥色，又似很害羞，紧缩着不敢张扬。

菊花需要扦插，需要脱离母体而独立。

铁树的秘密

只一年，我的铁树，便由一个孱弱的少年长成了一个着长鬃、啸风云的大汉，单看那树桩，浑然结实，大了一大圈。与朋友谈起此事，朋友总要追问其中的秘密，我笑而不答，朋友越发地急了。有的说是不是施了铁锈？我说铁锈之于铁树自然是好东西，但锈迹斑斑，我是很厌恶的。“那，是不是浇了铁树专用肥？”朋友再问。不等我回答，有人抢着说：“我也施了这类肥料，但铁树并不见怎么生长呀。”我笑道：“铁树专用肥我倒确实用过，但不是铁树快速生长的主要原因。”朋友擂了我一拳，“到底是什么吗？别再卖关子了。”我提议去看一看那位朋友也施过专用肥的铁树。目之所及，但见其枝条过于繁密，新枝早已长成，老枝还保留着，新枝针叶瘦弱，老枝泛黄。“看见了吗？”我说，“老枝与新枝一起争水争肥争阳光，新枝怎么长？”我告诉他，在我购买铁树时，那位卖花姑娘说：“新枝长到一定程度时，必须将老枝剪去。”

朋友一脸的惊异：“就这么简单？”

“就这么简单。”我说。

栀子花·铁线莲

栀子花是温润的小家碧玉，是插在水稻田里就能生长的乡野雅趣。栀子花之香纯正馥郁，隽永悠长，从母亲的发髻上暗浮过来，成了少年的我一段铭心的记忆。一日，路过某花店，那种清香一下子激活了我的回忆，于是，一棵小叶栀子花便来到了我的房间里。

精心地浇水、施肥，新叶娇羞地在枝上探头探脑了，但盆土里的杂草也不甘落后，争着拱了出来。于是，除草护花成了我的必修课。栀子花终于打苞了，一个个绿中隐约透白的锥形的“箭头”在绿叶的簇拥下，引弓待发。此时，我惊异地发现盆土里冒出了几片特别的嫩叶，细细的茎上顶着圆圆的翠翠的叶片，像一块块小小的绿玉，煞是可爱，我心内一动，竟然手下留情。再几日，在栀子花溢出满室清香的同时，另一片别样的风景出现了——盆土已被那嫩叶覆盖，嫩叶已有指甲盖大小了，叶片有七八瓣吧，像打开的一把把袖珍绿玉折扇，茎还是柔如细丝，但已蔓成藤了，托着嫩叶还夹带着毛茸茸的小果从雪白的盆壁上披挂下来，又微微地翘起，如肌肤嫩白、青丝飘逸的少女，妩媚动人，风情万种。

我的植物分类知识实在浅薄得很，但为了叙述的方便，还是来个主观臆测吧。从叶片看，很像莲类，又因有藤蔓有小果，我便认它为毛果铁线莲。当然，这个结论很靠不住，但这已经不重要了，重要的是我当日手下留情，竟然留出了一个启示，这就是：任何生命，哪怕再弱小的生命，只要给它一个机会，一点空间，一片土壤，它就能勃发出一片特有的精彩。

第三辑 桐东抗日

烽火桐东

（一）

一个仲夏的清晨，我们站在2万多亩的陈瑶湖沙池河大埂与环圩干渠交界处，清风徐来，碧波荡漾，各种水生植物的清香沁人心脾。几名湖管人员迎着朝阳，正在陈瑶湖入水口整理一道阔大的由毛竹作骨架的弧形防逃渔网，眼里满是对丰收的期待与憧憬。旁边，一位壮汉扎到密密的荷叶底下，拔出一根根细白的藕带，这将是一道鲜嫩爽口且带一丝甜味的特色佳肴。不远处，一簇簇芦苇和蒿草青翠欲滴，迎风摇曳，芡实阔如脸盆的叶子浮在水面上，呈深绿色，多皱褶，虽不怎么好看，但不久就会结出青皮红籽、嫩滑甜润的鸡头米来，菱角菜也在那里静静孕育着清香满口的菱角。而两只白鹭正在那里或飞或潜，显然是在觅食，有时又停在防逃渔网的竹竿上，理着羽毛，一会儿顾影自怜，一会儿又朝我们炫耀般地张望。

人们恐怕很难把美丽如此的陈瑶湖与血雨腥风联系起来吧？让我们穿越到80多年前的1941年2月8日，也就是农历正月十三，陈瑶湖周边的人们还沉浸在春节的喜悦之中，一场灾难却正在向他们逼来。一个月前，爆发了震惊中外的“皖南事变”，在事变中突围的部分新四军指战员在杨汉林、阚中一的率领下，先后经铜陵、繁昌渡江来到桐东（老桐城东乡）陈瑶湖地区。在新四军第三支队挺进团团长林维先和中共桐庐无县委书记鲁生的安排下，刚刚建立不久的桐东抗日游击根据地先后接应和安置了200多名突围而来的新四军指战员。日军怀疑新四军军部转移到桐东地区，又因为桐东抗日游击根据地已对日军造成一定的威胁，日军116师团于2月8日调集驻汤沟、老洲湾、大通、枞阳、安庆等地的日伪军共3000余人，配备4架飞机、4门大炮，对陈瑶湖地区进行大扫荡。当天凌晨，驻长江南岸羊山矶的日军先用架在山上的大炮轰击陈瑶湖中的小岛，又用飞机朝岛上扫射，岛上燃起熊熊大火，惨叫声撕心裂肺。然后，日军一路由铜陵大通到老洲头经苎镇口直插青山；另一路由铜陵梁山矶到灰河乘汽艇、木筏直取龙王嘴，形成半包围和夹击之势。由于已经事先得到情报，挺进团和桐庐无县委安排撤离了大部分主力，留下一部分主力进行战斗。警戒苎镇口的新四军与日军最早遭遇，新四军边战边向水圩方向撤退。在汪家嘴，六连全体战士连续突围3次，天黑才冲破封锁线；二大队五连与日军战斗更为激烈，4架日机向五连阵地狂轰滥炸，五连撤退到陈瑶湖芦苇丛中。第二天，日军采用“三光”政策在陈瑶湖地区实行“政治清乡”。在这一场后来称之为“陈瑶湖之战”的战斗中，鲁生和挺进团二大队大队长方瑛、六连指导员吴中亚等40多名新四军将士和桐庐无县委机关党政人员壮烈牺牲。在日军的狂轰滥炸和随后的“清乡”中，桐东老百姓和沿湖渔民被日军杀害了600多人，有一家5口全部丧生。

（二）

历史选择了桐东和陈瑶湖，桐东和陈瑶湖书写了历史。桐东地区为通江咽喉，军事战略要冲。前面紧邻长江便是20多万亩辽阔的陈瑶湖，湖内芦苇杂草丛生、菱角茭白满湖、鱼虾莲藕丰富，湖中还有许多小岛（当地人称之为排）。江边有荻埠（老洲头）古渡，直达江南。后有三公山，山高林密，藏龙卧虎。在人文方面，东乡人崇文尚武，这里曾形成了著名的“东乡武术”。清道光年间涌现出36位拳教师（世人简称“三十六名教”），曾过江大败九华山“花和尚”。仅此一斑，便可见东乡人勇猛刚直，急公好义。因此，在桐东以陈瑶湖地区为中心建立抗日游击根据地，尽得地利人和，可扼守长江，进可攻，退可守。

正是看中了桐东的战略地位，1940 年 4 月，在安徽省政府主席李品仙集结重兵进攻皖江抗日根据地的情况下，中共桐怀潜中心县委派林立、桂平、陈怀民、高潮选、许英带领从桐西撤退的 20 多名地方同志和缴获的武器赶到桐东陈瑶湖畔，庐江、无为也来了一些同志，共有 40 多人，县委决定成立一个连队，番号为新四军江北游击纵队独立大队三连，高潮选任连长，许英任指导员，宋海珊任副连长，下面编了两个排，活动在老洲头、六百丈、灰河、青山、水圩一带。不久，以陈瑶湖内许家排、王家排为基地，在陈瑶湖周围开展游击战。1940 年 5 月，我党收编了原在陈瑶湖打着新四军旗号的以方瑛、林亚斌为首的地方武装，将该部与我独立大队合编，以方瑛（方以后发展为我党特别党员）为大队长，曾宪忠（老红军干部）为副大队长，鲁生为教导员。全大队 200 多人，下面编三个连和一个大队特务排。

1940 年 7 月初，奉新四军军部令，新四军三支队参谋长林维先率五团三营北渡长江，与江北游击纵队特务大队和一部分在铜陵收编过来的国民党川军蒋希伯部，合并组建新四军三支队挺进团，由林维先兼任团长，何绍甫任参谋长，张友来任政委，何志远任政治部主任（后由彭胜标接任），挺进团成立大会在桐东水圩的谢氏宗祠召开。

10 月，成立桐庐无县委，鲁生任书记。桐东 8 乡参议会在谢氏祠堂召开，成立了桐东乡政联合办事处，建立“三三制”民主政权，推举开明绅士周晓山为办事处主任，共产党员王光钧为副主任。“三三制”政权是我党也是我国抗战史上重要的一笔。1940 年 3 月 6 日，毛泽东为中共中央起草的对党内的指示《抗日根据地的政权问题》第四条指出："根据抗日民族统一战线政权的原则，（抗日民主政权）在人员分配上，应规定为共产党员占三分之一，非党的左派进步分子占三分之一，不左不右的中间派占三分之一"（《毛泽东选集》第二卷）。非党的左派进步分子，主要是指小资产阶级；不左不右的中间派，主要是指中等资产阶级和开明绅士。1940 年 3 月，毛泽东提出要求，当年 10 月桐庐无县委即落到了实处，足以说明桐东地区的抗日同全国一盘棋，同党中央保持高度一致。

同年 12 月，改桐东乡政联合办事处为桐东区抗日民主政府，区政府驻谢氏宗祠，同时成立了桐东区人民参议会。至此，桐东抗日游击根据地正式形成。

桐东抗日游击根据地的建立引起了毛泽东的高度重视，1941 年 2 月 1 日，毛泽东在给刘少奇、陈毅、彭德怀的电报中称："去年十月，你们覆电谓：巢湖、瓦隔湖间不过百里，通过甚难，但现时我在无为、桐城已有根据地；虽只一二县，其战略意义却胜过敌后大块根据地，应极端重视之。"

"陈瑶湖之战"后的 1941 年 4 月，新四军七师直属五十五团团长谢忠良和政委黄火星带领 500 余人来到桐东，恢复了抗日游击根据地。1942 年夏，改编后的桐庐无县委又将县委机关转移到桐东水圩、青山一带活动。

新四军第三支队挺进团和中共桐庐无县委（1942 年 12 月改为桐庐县委，书记为何志远，县委机关仍设在陈瑶湖水圩）以及后来的中共沿江地委以拉锯战的方式，在桐东地区坚持了五年之久。五年中，我党地方人民武装由 40 多人发展到 1000 多人，并三次编入主力部队。我军在陈瑶湖周围地区歼敌 1500 多人，缴获大量武器、弹药，打通了新四军七师与新四军五师的通道，使我党政军人员和物资在这条交通线上通行无阻。桐东地区抗日的大旗在血雨腥风中始终飘扬，这个地区成为敌伪顽摧不垮的红色堡垒，也成为全国 19 个抗日根据地之一的皖江抗日根据地的重要组成部分！另外，在这个地区战斗过的开国中将有林维先和黄火星，开国少将有谢忠良、杨汉林、阙中一。

（三）

鲁生烈士墓位于陈瑶湖畔的东嘴头，最早是当地传统的烟泡土坟，无碑。1963 年被公布为枞阳县第一批重点文物保护单位，1984 年原陈瑶湖人民公社和枞阳县民政局共同为鲁生烈士墓立碑，并将坟茔用混凝土披盖。然而，历 30 年风雨沧桑，烈士之墓已局促一隅，碑文脱落模糊，墓周杂草丛生，垃圾遍地，雨稍大一点，墓地便浸泡在水里。当地党委政府于 2013 年清明节前夕做出了重修鲁生烈士墓的决定。

2013 年 4 月中旬，住在鲁生烈士墓附近的“巨才粮油”的经理周巨才将旧房拆除，着手建新房，并报批了相关手续。得知消息后，县文物部门找上门来，告诉他鲁生烈士墓是县级文物保护单位，周边原有建筑保持原有的风貌不变是可以的，如果拆旧建新，就不能照老房基重建，必须退让到保护区之外。周巨才傻眼了，他已照老房基建好了基础，根据这个规定，他的新房子得在老房基的基础上，让出两间。此时，周巨才的叔父站了出来，他是陈瑶湖镇一名退休干部，1984 年曾参与鲁生烈士墓的立碑，他说：“我与鲁生烈士墓有缘，1984 年以后，一直义务守护着鲁生烈士墓，过去不知道文物保护的规定，现在知道了，我虽然退休但还是党员，应该有这个觉悟，叫侄子退让！”

我们来到鲁生烈士墓时，周巨才的房子早已建成，但退到了文物保护的范围以外。周巨才对于退让的损失只字未提，而是说道：“我们住在烈士墓的附近，以后还要义务地守护。”朴实的话语让我们很是温暖。在他的引导下，我们参观了重修后的鲁生烈士墓，但见，局促的墓区已扩展为宽 9 米、长 24 米的阔大的墓园，墓前建成了大理石面层的瞻仰广场，广场周边栽植了松柏，拾三级台阶而上，原来低洼的当地传统的烟泡坟茔已改为标准的圆形烈士墓样式，墓冢高高耸立，墓冢前竖起了重达2吨的青石墓碑。2017年底，鲁生烈士墓已升格为铜陵市级文保单位。听着周老板今昔对比的介绍，忆起鲁生烈士短暂而壮阔的一生，我们此时此刻的心情，一如“重修碑记”所述：“惟斯墓园，景雅物新。后辈子孙，景仰观瞻，继往开来之心，必跃跃萌发；振兴中华之志，当耿耿牵怀！”

（四）

桐东区抗日民主政府旧址水圩村谢氏宗祠，如今已成为一处重要的党史教育基地，经常吸引各级党政领导、机关干部、史志工作者、中小学生等，前来参观、考察和凭吊。

水圩人的先人，无论在野经商，还是在朝为官，都把许多积蓄拿来在故土上大兴土木。于是，水圩这块弹丸之地上，鹅卵石铺就的小巷和小巷两侧潺潺作响的水渠纵横交错，参差错落的马头墙和双披屋顶上蝴蝶青瓦小山脊鳞次栉比。水圩曾经有院落200多座，所有的院落靠回廊连成一体，从东家到西家即使雨天也不用打伞穿靴，而且水圩这么多院落整体对外只开了七座大门，水圩的团结和一致御外实在令人叫绝。

水圩谢氏宗祠1723年竣工，已有290多年历史，为典型的“三间穿堂”式徽派建筑，东西长45米，南北宽43米。主体建筑为三进，即前厅、中厅（正厅）和后厅，地面是用细沙石掺和羊角藤水、糯米浆汁捶制而成，经久耐用，至今仍光洁平整，后厅左右分别为宝树堂、观音堂。正厅八根粗大的圆柱均系有着“活化石”之称的银杏树（白果）原木，其梁是更为珍贵的榉树原木。桐东区抗日民主政府的进驻更是为谢氏宗祠增添了光辉的一页。在新中国成立后的一次文物普查中，省文物专家称谢氏宗祠为“规模宏大，年代久远，保存完好”的“皖江北岸第一祠”。

历经几百年的风雨侵蚀，谢氏宗祠有的建筑坍塌，有的厅堂漏雨穿风，特别是正厅大殿西侧已柱毁梁断，砖残瓦碎。

从 2007 年起，在当地党委政府的引导和支持下，水圩村群众自发成立了“桐东区抗日民主政府旧址修缮委员会”，这个以“抗日”为关键词的民间组织，不仅谢氏族人应者云集，而且突破了宗族的局限，当地各界群众也纷纷为修缮捐款。近几年，各级政府和有关部门每年也要拨款支持。修缮委员会按照文物部门的“修旧如旧”的要求，聘请徽州富有经验的古建施工队一点一点地进行修复。2012 年，该旧址作为近现代重要史迹及代表性建筑，被公布为安徽省第六批文物保护单位。2013 年起，当地又采用政府投资与民间募捐相结合的办法，在旧址西大院创建桐东区抗日民主政府革命文物陈列馆，2014 年“七一”前夕正式开馆。

我们见到，旧址大门左侧立有省级文物保护单位的石碑，大门正前方立起一块巨型纪念碑，上书“桐东区抗日民主政府旧址”几个雄浑苍劲的镏金大字，碑文由安徽省文史馆员谢采筏撰写。旧址建筑恢复成原来的白墙青瓦、翘角飞檐，一派古朴素净，庄重肃穆。旧址内的三厅、宝树堂等一切的一切，也都是旧时的模样，却又焕然一新。前厅门口恢复了两面石鼓和两面记事碑。中厅雕梁画栋，宽敞高大，“大方伯”“怀远将军”等匾额高悬于横梁之上，令人肃然起敬。三厅之间由两座天井相连，天井将大自然融入了屋中，足不出户就能一览日月星辰，风雨雷电，无形中把人与天衔接了起来，形成天人合一的格局。天井还有“四水归堂”的说法，四方之财如屋顶上的水源源不断地向家里聚来。拱形天花板上涂着蓝色油漆波纹，令人赏心悦目。花托子、花衬子上雕刻着花、鸟、虫、鱼等图案，色彩丰富，惟妙惟肖。特别是前厅天井等处，梁柱之间原来镂刻的指日东升、加官晋爵、状元及第、魁星点斗等蕴含丰富的人文典故和历史事件的木雕，技法精湛，堪称一绝，修葺一新后，色彩更加柔和，栩栩如生。中厅与后厅之间还恢复重建两座对称的木楼，名为“钟鼓楼”。

西大院陈列馆里，既通过丰富的文字、图片展出了关于林维先、鲁生等一批当年桐东抗日游击根据地风云人物的事迹，又利用浮雕和实物再现了游击根据地军民工作、战斗和生活的情况。陈列馆大门有一副由全国知名楹联大家陈自如先生撰写的对联：“抗日壮名祠曾聚群心朝北斗，振乡荣宝树更催大志起东山”，既点明了水圩谢氏先祖的荣耀与大志，更突出了谢氏宗祠在抗战中的突出贡献，对仗工整，凝练精准，大气磅礴，震撼人心。

（五）

从陈瑶湖镇政府出发，我们驱车一刻钟左右，来到此次探访红色陈瑶湖的最后一站——王家排，1943 年 8 月至 1944 年 2 月，中共沿江地委驻扎在此。距此不远的许家排则是当年沿江独立团团部驻地，沿江支队参谋长兼中共桐怀潜县委书记、沿江独立团政委胡继亭于 1944 年 2 月在此壮烈牺牲。

2014 年春，陈瑶湖镇党委政府和枞阳县新四军研究会、枞阳县史志办联合决定新建中共沿江地委旧址纪念碑。建设纪念碑投资不大，但遇到的难题可不小，因为，王家排已经划归铜陵市普济圩农场管辖，与普济圩农场三分场场部毗邻。要建纪念碑，就必须跨区域协调用地，而且所用地块还有一定的增值潜力，两边又紧挨着农场的住户。陈瑶湖镇具体经办的同志怀着忐忑的心情，硬着头皮找到普济圩农场主要负责人，说过来龙去脉之后，对方的一席话让这位经办的同志如释重负。对方说：“枞阳县和陈瑶湖镇 70 多年后还不忘那段历史，立碑纪念，我们实在感动。王家排的土地虽然从枞阳划给我们管辖，但中共沿江地委是我们两地共产党组织早期共同的领导机关，不能划分彼此，不能为一点地皮的事计较!”就这样，普济圩农场无偿提供了纪念碑建设所需的用地，并帮助做通了周边农场住户的工作。

中共沿江地委旧址纪念碑掩映在一片绿树之中。我们沿着七级台阶而上，在纪念碑前静静地伫立、追思。同行的一位同志忽然说道：“今天的行程要是搁在当年，王家排是陈瑶湖中的小岛，必须舟来舟往，但新中国成立后围湖造田，我们现在已是车来车往了，变化真大！”我一怔，是的，几天来的红色陈瑶湖探访之旅，往大里说，王家排等众多的湖中小岛和10多万亩的烟波水域已经变成连片的村庄田畴，陈瑶湖镇则从血雨腥风、贫穷落后的湖区乡野，变成了和平安宁、美丽富饶的全国重点镇。往小处说，从东嘴头到谢氏宗祠，再到王家排，也无处不在昭示着可喜的变化。而我们感受更多的，则是在一系列的变化之中一种顽强坚持的、令人肃然起敬的“不变”，那就是，历经岁月的涤荡，陈瑶湖人依然能够以自己特有的方式，表达着对于共产党以天下为己任、为民族求解放、为民众谋幸福的优良传统和革命前辈不屈不挠、共御外侮的民族精神的怀念、铭记与传承，重修的鲁生烈士墓可以作证，修缮的桐东区抗日民主政府旧址及创建的革命文物陈列馆可以作证，新立的中共沿江地委旧址纪念碑可以作证……

陈瑶湖畔长大的诗人谢思球，在一首写陈瑶湖的诗中有这样的句子：“多少芦苇宁折不弯/多少血/流在家乡的水上……”透过悠悠碧波，我们绝不能漠视那曾经的殷红！

记住桐东，记住陈瑶湖！

鲁生：东乡埋忠魂

鲁生（1916—1941），湖北黄梅人，原名蒋永孚，1937 年参加革命，1938 年加入中国共产党。从湖北黄梅到安徽桐东，从一介书生到抗日游击队队长，从懵懂少年到共产党的县委书记，鲁生在抗日的浪潮中完成了历史性的伟大转身，永远定格在陈瑶湖。

从一介书生到游击大队长

鲁生 1938 年 5 月任黄梅县抗日后援会副主任，12 月，任中共黄梅县委青年委员兼抗日第四中队长，不久，任中共黄梅县委军事部长。1939 年秋，奉命前往庐江县参加新四军江北指挥部党训班学习，年底，调任中共桐（城）怀（宁）潜（山）中心县委组织部部长。其间，对坚守在桐城地区的党组织进行了整顿，极大地增强了战斗力。在革命浪潮的洗礼下，鲁生逐渐地对毛泽东“枪杆子里面出政权”的战略思想有了深刻的领悟，他认为光有文的不行，还必须建立武装队伍，这样腰杆子才硬，拳头才狠。因此，1940 年 2 月，在中共桐怀潜中心县委召开的第一次党代会（望狮岭会议）上，鲁生慷慨激昂地向大会作了“开展武装斗争”的报告。不久，化装成商人前往桐东，发现日军在汤沟、老湾等处设立大小据点 10 多个，周边还有不少的土顽盘踞。但桐东地处桐城、无为、庐江三县交界，既有层峦叠嶂的三公山，又有蒿草芦苇满湖的陈瑶湖，还有传统的东乡武术，老百姓性格刚直，且受共产党的影响，抗日情绪高涨，完全可以在此建立一个比较好的游击根据地，以利于开展对敌斗争。于是，与方瑛等人迅速组建了新四军江北游击纵队独立大队（亦称特务大队、桐东独立大队），方瑛任大队长，鲁生任教导员。鲁生与方瑛将部队化整为零，分头出击，互相策应，时聚时散，运用“昼伏夜出，声东击西”的游击战术，神出鬼没地活动在桂家坝、黄泥山、六百丈、老洲头、灰河口、将军庙等地，打击日军、偷袭军舰、捕杀汉奸，令敌人闻风丧胆。

组建“三三制”民主政权

鲁生等人从实际出发，灵活掌握党的原则。在对敌斗争中，除首恶必办外，对民愤不大的地方上层人物，则采取统战方针，并利用当地维持会、伪军、土顽与日军的矛盾，争取他们不与革命为敌，还采用“渗透”的办法，派人打入其内部，分化瓦解。另一方面，他充分发动群众，宣传革命，使党在桐东地区的活动有了广泛的群众基础。1940 年 7 月，新四军第三支队参谋长林维先率三支队五团三营来到桐东，建立了新四军三支队挺进团。鲁生率桐东独立大队配合挺进团捣毁了土顽章浍老巢，并乘势袭击了设在孙家畈的桐城第五区署保安大队江子龙部，盘踞在三公山周围的土顽仓皇逃走，桐城地区的革命形势进一步好转。10 月，中共巢无地委对鲁生等领导桐东人民艰苦卓绝的斗争精神给予通报表扬，不久，鲁生任中共桐庐潜怀无中心县委委员、组织部部长。同月，经上级批准，中共桐怀潜无中心县委改为桐庐无县委，鲁生任县委书记。为了建立比较稳固的桐东抗日游击根据地，他开始着手组建区乡民主政权。经过与各界人士广泛协商，在新四军第三支队挺进团的支持下，很快在水圩谢氏祠堂召开青山、水圩、四虾、周潭、施湾、源潭、老湾、六洲八乡参议会，建立了“三三制”民主政权，成立了桐东乡政联合办事处，12 月改名“桐东区抗日民主政府”，民主选举开明绅士周晓山为主任，王光钧为副主任，并创办《新桐东》油印报。

拜渔民为师学游泳

桐东地区湖汉纵横，特别是陈瑶湖烟波浩渺，湖中有众多小岛，要想在这里坚守下去，学会游泳是一门必不可少的功课。鲁生找到当地东嘴头一个水性特别好的凌姓渔民，要拜他为师学游泳。起初，这位姓凌的渔民发现鲁生衣着整齐，一看就是不同一般的人，还露出盒子枪，又是什么大队长，哪敢收他为徒？鲁生于是换了一身当地老百姓打着补丁的衣服，并同这位农民一起进湖打鱼，撒网、收网，什么活都干，这位渔民终于接纳了他。事实上，鲁生为了与当地群众打成一片，从不摆架子，从不讲究吃喝，经常帮农民干农活，遇到山芋吃山芋，碰到六谷糊喝六谷糊，有时还和农民一起下湖挖藕。正因为如此，鲁生这样一个外地人在鱼龙混杂的桐东地区却活动自如。

血染陈瑶湖

1941 年初，震惊中外的皖南事变爆发后，鲁生已经被上级安排调往皖西工作，还未动身时便有皖南事变中被打散的新四军战士陆续辗转来到桐东地区，他打算把这些同志安置好后再赴新征程。于是，配合挺进团将这些同志从江心洲、章家洲接到陈瑶湖中的小岛王家排，先后安置 200 余人。但很快，日寇便得知了这一消息，且误以为是新四军军部转移至此，准备对陈瑶湖地区进行大规模的扫荡。2 月 7 日晚，根据可靠情报，新四军挺进团和中共桐庐无县委在水圩举行联席会议，决定立即实施战略转移，主力部队跳到外线，只留少量部队坚守，鲁生留了下来。8 日拂晓，日军第 116 师团纠集 3000 余日伪军，出动飞机、坦克、大炮、舰艇，从长江南岸的梁山矶和大通向桐东抗日游击根据地扫荡而来，这就是著名的“陈瑶湖之战”。在惨烈的战斗中，鲁生和战士们打散了，弹药又打光了，便潜伏到东嘴头的一个湖汊里。2 月 9 日晨，鲁生摸索着来到一排捕鱼的拦网下隐蔽，不料被十几米以外道路上巡逻的日军发现，一枪打了过来，鲁生当场倒在冰冷的湖水里，牺牲时年仅 26 岁。

“陈瑶湖之战”前夕，鲁生已经有了新的身份和岗位，在陈瑶湖参与接应和安置“皖南事变”突围的战士，可以说与他没有直接关系了。甚至，如果在 2 月 7 日晚的联席会前或会后动身履新，也说得过去。那么，他的生命就可能不会这么早就结束，然而大敌当前，共产党人的词典里没有“无关”一说，也没有“如果”一词，鲁生选择暂时留下来，坚守一线，与日寇作最直接的斗争，虽壮志未酬身先死，他的担当精神却得到了进一步的升华！日伪撤退后，当地老百姓“感先烈之功业，悲英骨于沼泽，遂聚英魂于东嘴头坑冢”。下葬的那一天，阴风怒号，湖水如血………

鲁生烈士墓经过 2013 年的重修，现已成为铜陵市级文物保护单位。

胡继亭：热血甘洒陈瑶湖

距离普济圩农场三分场场部不远的地方有一个庄子，名叫许家排。新中国成立前，这里是烟波浩渺的陈瑶湖中的一个小岛，湖水时刻都在拍打着岛岸。如今，湖水已经退去，庄子四周已变成整齐的稻田。许多人可能想象不到，这片令人心旷神怡的绿油油的水稻田却掩盖着一段烽火岁月，更鲜为人知的是，在 1944 年 2 月，新四军沿江支队参谋长兼中共桐（城）怀（宁）潜（山）中心县委书记胡继亭的最后一滴热血就洒在这里。

胡继亭（1916—1944），又名胡继庭，出生于六安县南庄畈宋畈村（今属金寨）一个贫苦农民家庭。曾在梅姓私塾先生处读书 4 年，能写对联、做文章。1929 年，胡继亭家乡（时为六安县第六区）的农民在共产党的领导下举行武装暴动，建立苏维埃政权。1930 年，胡继亭在苏维埃列宁小学学习，逐渐树立了革命的理想信念和奋斗目标，任六安六区童子团中队长、大队长，年底加入共产主义青年团，不久任六区少共书记。

1932 年，胡继亭加入中国共产党，随后任中共皖西北道委宣传员。接着，又任皖西北道委书记郭述申的秘书，学到了许多理论知识和实践经验，逐渐成长为成熟的政治、军事干部。红二十五军长征后，协助实际负责鄂豫皖苏区全面工作的高敬亭，在国民党大规模持续“清剿”中，艰苦地恢复和坚持苏区工作。1935年，红二十八军成立，调任政治委员高敬亭的秘书。在高敬亭的主持下，胡继亭为红二十八军制定了很多切实可行的政治工作条例，用严格的治军精神确保新成立的红二十八军传承了红军的光荣传统。是年冬，胡继亭任鄂东道委书记，在鄂东地区发展党的组织和地方政权，组建便衣队，鄂东地区迅速成为威胁武汉的斗争前哨，鄂豫皖苏区也因此得到扩大发展。

1936年夏，为对付国民党的“五个月清剿”，胡继亭回到红二十八军军部协助高敬亭工作，提出进一步发展便衣队的主张，得到支持。便衣队很快发展到80多个，近1000人，成为鄂豫皖苏区反“围剿”斗争的一支重要力量。

抗日战争全面爆发后，胡继亭随高敬亭与国民党岳西当局谈判，达成停战协议。红二十八军被改编为新四军四支队，东进抗日前线，胡继亭被任命为四支队七团政治处主任。为了打击日寇的嚣张气焰，提高民众抗日士气，胡继亭同团领导分析决定在安（庆）合（肥）公路袭击日寇。1938年9月1日，胡继亭率七团三营战士在桐城范家岗设伏，袭击了日军车队，毙敌14人，炸毁汽车2辆，缴获了一批枪支弹药。

紧接着在9月3日，胡继亭率七团三营，配合四支队特务营又在桐城棋盘岭打了一个漂亮的伏击战。1938年9月3日，新四军以《棋盘岭战斗详报》对此作了详细记载：“敌伤亡70余，被我打毁汽车50多辆，缴获三八式步枪21支，子弹7000余发，太阳旗百余面，地图、文件两挑，食品罐头200箱，其他军用品无数……”

1938年11月9日，胡继亭同手枪团政委汪少川、七团副团长顾仕多等又在棋盘岭捕捉了战机，狠狠地打击了日军的装甲车队。经过70多分钟激战，我新四军四支队消灭敌军官4人，士兵80多人，摧毁装甲车2辆，缴获大量军用物资。

一连串胜仗，大大提振新四军军威，有力打击了日军的嚣张气焰。12 月，胡继亭调任新四军第四支队第九团政治委员。1939 年下半年，胡继亭到新四军皖南军部学习，后调二师工作。

1943 年 3 月，胡继亭任新四军第七师皖南支队兼皖江军区皖南军分区参谋长。在赴任途中南渡长江时，被日军拘捕，囚禁于铜陵监狱。狱中，胡继亭坚贞不屈，作七律四首以明志，其中写道：“十五年来历艰辛，大江半渡却遭擒。恶魔兽性任残害，头断血流不屈心。”表达了一个革命者坚强的革命信念和崇高的革命气节。因未暴露身份，经党组织多方营救出狱。9 月，胡继亭任新四军第七师沿江支队参谋长兼皖江军区沿江军分区参谋长，并兼任沿江独立团政委，随沿江独立团来到桐东抗日游击根据地，驻守在陈瑶湖中的许家排岛上。同月，组建中共桐怀潜中心县委，胡继亭兼任县委书记，担负起巩固桐南花山和桐东陈瑶湖抗日游击根据地的重任。在此期间，胡继亭除参与领导对日伪顽军的作战外，以很大精力，从事桐怀潜根据地党组织的发展和政权建设工作，广泛宣传抗日统一战线，收编民间武装，大力开展减租减息斗争，推动全民抗日救亡运动的发展。

桐东和桐南抗日游击根据地的不断巩固与发展，引起日伪的严重不安。1944 年 1 月，国民党桂军 176 师 528 团开始对桐东抗日游击根据地进行长期封锁与围困。2 月 12 日 8 时许，敌人首先用迫击炮、重机枪向许家排猛烈射击，接着敌步兵约两个连，在岸上强大火力掩护下，分乘多艘小船向岛上冲来。时新四军主要力量已撤离桐东，岛上只有留守的仅 24 人的沿江团警卫排，武器装备也很差，只有 1 挺轻机枪，20 多支步骑枪，加上打野鸭的 6 门火铳。但在胡继亭的指挥下，战士们英勇反击，当配备一挺轻机枪和一个班人员的敌人第一艘小船距离小岛 20 多米的时候，胡继亭指挥战士火力全开，很快将敌人的第一艘小船打翻了，敌人的第一次进攻就此被打退。敌人恼羞成怒，又用迫击炮、重机枪向许家排进行疯狂射击，并组织一个营的兵力进行第二次攻击，同样被胡继亭指挥战士打退了。上午 10 时 30 分左右，敌人第三次进攻许家排，不久，岛上的房子起火了，枪声也逐渐稀落了，胡继亭在一线指挥时不幸中弹，壮烈牺牲，时年 28 岁。

新中国成立后，胡继亭烈士的名字，被镌刻在上海新四军广场纪念碑上，位列第 88 位。

叶明：转战桐东的江姐式女英雄

一个出生在海边的异乡年轻女子，为了中华民族的解放事业，辗转来到内陆的桐东区领导人民抗战，遭遇搞摩擦的国民党军队逮捕，在敌人惨无人道的酷刑之下，以水仙一般高洁的姿态献出了宝贵的生命。她就是小名叫水仙的中共桐东区委书记叶明。

叶明（1918—1944），生于浙江省宁波市镇海三北镇（现属慈溪市），曾在烟厂做过童工和工人。抗日战争全面爆发后，叶明在中国共产党领导下的上海难民收容所工作，后经党组织介绍到皖南参加新四军，在政治部服务团民运队工作。1938 年 5 月，叶明加入中国共产党，这年夏末秋初，新四军三个支队分别开赴前线。

叶明随三支队的先头部队去开辟铜（铜陵）南（南陵）繁（繁昌）地区。第二年，调泾县孤岭地区做群众工作，同年秋调任中共繁昌县委妇女部长。1940 年 12 月，叶明奉皖南特委之命，担任繁昌、铜陵、南陵三县妇女干部队队长，撤到江北无为地区，随后，她们到“合含巢无”（合肥、含山、巢湖、无为）地区的一个山沟里进行学习。在这里，叶明邀请新四军第七师教导队政治教员温宁前来上课，他们相识相知，最终结为夫妇。1941 年初，叶明担任中共无为县委委员兼二区区委宣传科长、区抗日动员委员会指导员。不久，担任无为三区区委书记，以后还担任过几个区的区委书记。1944 年初，调桐（城）贵（池）青（阳）地区，上级党委要她接替史风担任所辖桐东区（桐东区此时已划归铜贵青地区）区委书记，她领导 30 多名游击队员，在桐东陈瑶湖地区坚持抗日。

1944 年 7 月，叶明丈夫温宁在沿江地委宣传部工作，病得很重，叶明就从长江北岸来看他，随后护送他到无为养病。温宁夫妇和一个宣传干事坐船沿长江往无为县方向而去，船行不远，看到日本巡江汽船从对面驶来，于是就靠江北岸。这个地方离沿江区委委员汪毅家不远，三人便一起乘着夜幕降临时赶到汪毅家。不料，由于叛徒樊仲英、周毛男、周慷慨等人告密，他们刚刚坐下，顽军 176 师 528 团一个排就前来袭击了。被抓后，叶明夫妇、汪毅和干事被勒令蹲在门口，每个人由一个顽军看管，其余顽军继续在村里抢劫。一个钟头后，敌人押着他们沿江堤方向而去。路上，温宁借着漆黑的夜色掩护，趁着顽军回头和同伴聊天时，在拐弯处溜走，宣传干事不久也趁机逃脱。

温宁和干事又返回村里寻找叶明。村里群众说，敌人一到群众家里，就要群众点灯，叶明以找火柴为名跑了出来，听到温宁已经被顽军押走了，就跑去找，没走出村口，顽军和叛徒将她认了出来，把她和汪毅一起关押到桐东吴家桥（现属周潭镇）。县委书记胡长耕和沿江支队政委黄先赶紧派人通过上层社会关系进行营救，却失败了。

几天后，叶明被押解到顽军桐城警备司令部，由叛徒周某与一个顽军营长出面，设宴劝降。席间，他们污蔑新四军“破坏抗战，游而不击”，想打消叶明的斗志。叶明义正词严地痛加驳斥：“共产党、新四军，为了抗日救国，在敌人后方坚持抗战，这是有目共睹的。而你们国民党顽固派发动皖南事变，企图消灭抗日的新四军，这不是破坏抗战是什么？你们国民党军队见到日本鬼子就拼命逃跑，置人民死活于不顾，还掠夺人民的财产，这不是游而不击，又是什么？”叶明越说越激昂：“你们颠倒黑白，血口喷人，还想请我喝酒，设宴劝降，完全是痴心妄想!”她猛地将桌子掀翻,酒菜泼了一地。

敌人恼羞成怒,对她施加酷刑,用沾了盐水的皮鞭狠抽,叶明痛斥不已。敌人惨无人道地用刀在她身上割了30多处,并用二尺长的竹签刀从她下身捅到肚子里。不久,叶明在桐城城关镇东郊乌石岗被枪杀,年仅27岁。

叶明牺牲前3个月,生有一子温小明。由于当时的斗争形势十分残酷,夫妇俩便将襁褓中的温小明寄养在无为县尚礼乡一位没有子女的汪姓村民家。新中国成立后,温宁曾试图接回温小明。但由于养父母的不舍,结果空手而回。1962年12月,温小明的养父母已经去世,在安徽省委领导的帮助下,温小明终于被接到北京温宁身边,补习功课、参军,退伍后在清华大学工作。温宁则一直奋战在我国外交战线,1996年逝世。

解放后,叶明被安葬在桐城市烈士公墓。1994年7月,慈溪市三北镇政府在叶明出生地田央村竖立了叶明烈士纪念碑,叶明的哥哥叶坚超和叶明的儿子温小明等,在纪念碑附近为其立墓,英雄终于魂归故里。

桐东人民至今传颂着这位江姐式女英雄的事迹!

第四辑

东乡考据

东乡武术的形成与特点

“武不过东乡，文不过南乡”，是老桐城的一句民谚。“武不过东乡”指的就是东乡有尚武，东乡谚语称：“畈畈有好田，村村有好拳。”旧时，方圆百十来里听到操东乡口音的人，都不敢造次。

“皖桐之东乡，长于技勇，踢脚飞拳而外，若齐眉棍狼牙筅白条刀之类，不必悉经师授，而连村比户往往能之，盖其习俗然也。”（周启源《义勇传并赞》）这句话至少透露了三层意思：一是东乡人习武成性，长于技勇，不一定非得拜师学艺，而是大家相互传授与学习，练武成为一种连村比户的自觉、习俗与风尚；二是东乡人的武术，不光有拳脚功夫，即拳术，还有器械功夫，即械术；三是东乡武术的器械中竟有戚家军鸳鸯阵的狼牙筅！

那么，东乡武术有什么样的渊源？为何能自成一派？呈现出哪些鲜明的特点？到底有多神奇？现根据有关史料，加以考略。

一、周章两族携“基因”兼收并蓄成一派

——东乡武术的起源与成型

（一）不凡的起源

东乡人尚武自有深广与不凡的源头。

“金辽肆祸，宋高南渡”的南宋初年，因“逢鹞而居”的誓愿，周孔嘉等人率领一支周姓从江苏宜兴辗转觅得东乡鹞石山，其子文一公周仕龙代他实现结庐而居的遗愿，形成鹞石周氏，文一公被尊为鹞石周氏一世祖。《鹞石周氏宗谱》载：文一公“文武双全，学博渊源，精通子史，更懂汉字五音之学。武有三十六翻身，七十二变化之妙术。”文一公的祖上是从河南汝南郡到宜兴的，文一公的武术来自河南少林。

1917年由洪山章氏宗祠编辑的《皖桐章氏宗谱》载：祖父迁居福建浦城的曾任南唐光禄大夫、检校太傅兼御史大夫的章仔钧公，其子孙日旺，分处四方。仔钧公九世孙（浦城章氏十一世孙）汾公于南宋高宗中期由泾县迁来毗邻鹞石的发洪山下，形成洪山章氏（又称山边章氏）。汾公带来了南少林的功夫，这一支章氏自秦时章邯起，历代都有赫赫武功。

鹞石山和发洪山都背靠三公山。三公山地处桐城、庐江、无为三县交界，周、章两大家族视此地为一方世外桃源，前后脚迁来避乱生息。但日子久了，“桃源”真的形成了，难免招致盗匪、兵祸，《鹞石周氏宗谱》载，早在元朝末年就有一支红巾军洗劫了周家潭，鹞石周氏族人“暴露山谷，饥寒雨雪中势将骈首就死”。山边章氏族人亦大抵如此。

残酷的现实警示着周、章两氏族人，在东乡这片土地上开荒拓土，繁衍生息，绝不能忘却习武强身、看家护院，好在两姓族人分别携带着南北少林的武术基因，代代相传自然成为必修之课。

（二）包容的流派

在今天的东乡武术表演中，细心的人会发现，东乡武术不光有强大的南北少林的基因，如高盘的飞脚跳墙；亦有武当拳的特点，如低盘的缩身扫地桩，前文还提到东乡武术中还有戚家拳的身影。这些是怎么回事？

其实，东乡武术的成长始终贯穿着对外兼收和对内扩散两个方面。

一是外部兼收。明清时期，东乡有不少的文人在各地为官或游历，如谢佑、章纶、左光斗、方以智、周岐等等，他们虽为文人，但古代的文人大都有一颗琴心剑胆，能够“上马杀敌，下马安邦”，况且他们中有的还直接在军队中效过力。如周岐就曾协助方孔炤征剿过张献忠起义军、参赞过孙晋和史可法军务，干的大都是参谋之类的事，但耳闻之目视之，自然能够将很多地方的武术带回一二。

与此同时，东乡出了不少武将。如周朝瑞，崇祯初年武举，史可法荐与黄得功，以军功补授先锋参将，南明亡，隐居不出。清代更有一家三代四人均获得“将军”封号，如周世奎康熙初年授江南督标营千总，赠宣武将军。后来，其长子周之英升山西怀仁营城守守备，雍正元年(1723) 赠武德将军；次子周文彪升江西兴国营守备，封宣武将军。再后来，周之英子周尚德任江宁左营千总，雍正六年 (1728) 任松江提标中营中军守备，并保举一等侯。山边章氏的章慕宾则是清朝嘉庆甲子(1804) 科武举。1998 年版的《枞阳县志》载：“清朝初期到咸丰年间……陈湖区（今周潭镇、陈瑶湖镇）范围内就有好几个武举。”这些武官武举自然都是专家教授级别的武术高手，能更好地吸收各地的武术精华，推动家乡的武术发展。

开头曾提到戚继光抵抗倭寇时所操练“鸳鸯阵”的武器配置之一的狼牙筅，又名长枪，亦称狼筅，原是明朝矿工起义军发明，形制特别，杆长 5 米，械端有数层多刃形附枝，呈节密竖枝状，附枝最长 60 厘米，最短 25 厘米。戚继光在东南沿海平倭战争期间练兵和治军经验的总结——《纪效新书》中称，狼牙筅重 7 斤，旧制 1 斤为 16 两，约 600 克，合新制应该是 8 斤多，当是为力大之人所使用。其技击方法主要有：拦、拿、挑、据、架、叉、构、挂、缠、铲、镗等。狼牙筅成为东乡武术器械的记载，我们还是第一次见到，显然是东乡的文人武将所带回的。

综上所述，我们便可以将东乡武术称之为一个全新的“杂交”品种。在斗转星移的过程中，通过东乡的文人武将把武当拳、戚家拳等等，融进了周、章两姓自身携来的南北少林武功之中，从而催生出了一个以周、章两姓套路为主的全新的武术流派。

二是内部传播。东乡武术不叫周潭武术、大山武术，也不叫鹞石周氏武术、山边章氏武术，说明该武术已经成为东乡众多家族所共有的一个派别。这就涉及东乡武术的内部传播扩散的问题了。

鹞石周氏和山边章氏相继迁来，两姓世代姻好，相互间的武术切磋与交流是再自然不过的事了。而东乡大大小小的家族有 20 余个，受古代的交通与交往的局限，就近就便联姻成了常态。结果，东乡的许多家族理起来都成了亲戚，正如当地一句俗话："瓮缸栽藕，一团亲!"这样随着时间的推移，东乡的各个家族便普遍习武起来，所谓"连村比户"是也。

东乡武术在东乡内部传播，主要是传统的师徒之间言传身教。师傅称为"教师"（方言，皆读去声），教武称为"教打"或"教场子"。一般有走村分散式"教打"和在家集中式"教打"。徒弟行过必要的拜师礼，交过一定的学费，"教打"就开始了。

一些人印象中有这样一说："传男（儿子）不传女（女儿），传媳（儿媳）不传姑（女儿）。"是考虑到女儿终将嫁到他族（旧时同姓绝少开亲）。但那是周、章两大家族结怨以后的事，此前的漫长岁月里，东乡亲戚家的武术传播与交流还是相当开放的，不然，哪里来的各个家族都会东乡武术？

"教打"分"堂学"和"金学"两种。"堂学"大概取登堂入室的意思，一般为两三个月，如春季堂学、冬季堂学，多是传授一些启蒙的东西、简单的套路。"金学"至少一年以上，有的甚至两三年，所传授的内容有深度有广度，徒弟经过"金学"的"破拳"一关才能出师，也就是才有资格自己带徒弟。

什么是"破拳"？以笔者的曾祖为例。曾祖是光绪年间和民国前期的一个拳教师，至今留有一根齐眉棍。笔者小时候听祖母和曾祖两位徒弟说过，民国 14 年的冬天，已经 56 岁的曾祖在“破拳”时险被一位徒弟毙了命。

那天，前来观看的乡亲挤爆了我家天井的前厅，连门外都站满了。曾祖与一位徒弟将在后厅对打，曾祖取守，徒弟取攻，徒弟攻破了曾祖的防守就可以出师了，因此这一场对打就叫“破拳”。可是，在两棍对打正酣时，那位徒弟眼中冒出一股凶残的戾气，陡现杀机，幸被曾祖瞥见了，曾祖还没来得及思考时，对方的棍子突然以华山盖顶之势向曾祖的头部劈下来，不少观看的人大声惊叫起来。曾祖本能地向旁边闪腾了一下，拿齐眉棍奋力一挡，随后就势将棍子猛插到对方的裆部，将对方挑起，电光石火间，对方已被摔到天井的那边了。曾祖对在场的人抱拳拱手：“今天是我失手伤了徒弟，拜托大伙以后别提了。”曾祖表面的意思是自己以强凌弱，以长辈欺晚辈，实际的潜台词是，自己看走了眼，教了这样想置师傅于死地的徒弟，说出去脸上无光，这位徒弟以后也不好做人。曾祖掏钱买药为这位徒弟治好了伤，这位徒弟磕头如捣蒜般向曾祖忏悔。

原来，就一般的情况而言，师傅觉得徒弟可以单独闯天下了，自会在“破拳”时向徒弟“放水”，年大体弱的师傅更是点到为止。但是，“破拳”有一个不成文的规矩：打死师傅不偿命！徒弟被师傅打伤，自是无话可说，如果师傅被徒弟打伤，可就闹出大笑话了——师傅以后还怎么在世上混？也有极个别的徒弟为了急于扬名立万，在“破拳”时暗藏杀机，将师傅打倒甚至伤及性命。因此，师傅在教徒弟时往往会留一手，即“看家的本领”不教，这其实也不利于武术的光大与传承。曾祖经历了数不清的“破拳”，况且自己快到花甲，绝对不会想到徒弟会有什么“幺蛾子”。如果不是及时瞥见徒弟的杀机，那天曾祖就要吃大亏且闹大笑话了。

东乡武术正式以“东乡”冠之，自然标志着已经自成一派了。而一个武术流派的形成，自然一是要有自己的特色，二是要经过时间的深厚沉淀。东乡武术的特色下文再论及，据 1998 年版的《枞阳县志》载，东乡武术自成一派的时间“可能在明朝末期”，可谓漫长。

二、避虚化而取狠实　化普通而为神奇

——东乡武术的形式与特点

（一）丰富的形式

东乡武术套路虽不算多，表面看，主要表现形式也只有拳术和械术两种，但每一种都有不同的呈现，各族各村的拳械有同异，相同的拳械具体动作上亦有同异。

据 1998 年版的《枞阳县志》载，东乡武术的拳术有单狮门、双狮门、五步、小五步、大五步、小五虎、虎拳、猴拳、飞虎腿、通臂拳、老洪拳、新洪拳、梅拳、套拳、长拳、提拳、腿拳、观阵、地八仙、六路、三掌、三踏、三炮、双盖、倒拔垂杨、武松夺岭、独立长城、险奔天山、矮子走路、小牛搓痒、摸刀鱼、甩菜瓜、走趟对打等。

械术则有大刀、单刀、铁耙、铁尺、长枪、三股叉、长棍、三节棍、九节鞭、梭镖、菱角梳以及板凳花、扁担花、手（毛）巾花等。每种械术还有多种套路，如棍术就有小缨枪、小金枪、仙人驮伞、霸王棍、八卦棍、中门棍、分登棍、三枪棍等套路，真是令人眼花缭乱。其中传承最广泛的是仙人驮伞，今天依然能看到具体的表演，只见一根长棍放在地上，练家用一只脚尖轻轻踏几下，随即脚尖一勾，棍子便上手了，上打下扫，左支右挡，指上打下，指左打右，时而如蛟龙探海，时而似仙人背剑，时而如华山盖顶，时而似雨打沙坑，虚虚实实，神出鬼没。接着双手舞起来，看不到手腕有多大转动，棍子却平着斜着绕着身体高速旋转，嗖嗖直叫，虎虎生风。听听谱诀，就可知仙人驮伞的霸气之一二了：“仙人驮伞一条枪，铁牛犁田走边塘。白蛇挡路人皆怕，黄

龙摆尾真刚强。登枝好比花枪用，腰棍一抛赛霸王。背剑好比仙剃发，风波棍子斩蔡阳。响棍好比天宫闹，天兵天将一扫光。”

（二）神奇的特点

东乡武术究竟有着怎样的神奇特点？还是以笔者曾祖为例。有一年春夏之交，曾祖带着几个徒弟到江南青阳县赶小网，也就是捕小鱼。所用的工具叫“赶网”，是用两根拇指粗丈把长的细竹子交叉弯曲，用细目网将底部长方形网好，并向上网好一个长边和两个短边，三面的网纲高二尺左右，留一个长边作鱼的进口，再用三根拇指粗的五尺长左右的细竹子绑成三角形的网戳，戳尖绑铁。捕鱼时，将小网放进水里，用网戳赶着小鱼进网，估计差不多了，将小网捞起，把网中之鱼甩进驮在背后的赶网箩里。

曾祖一行刚刚在两口毗邻的水塘里赶了几网，忽然涌来五六十个手拿扁担、铁叉的壮汉，后面还跟着一些妇女，呐喊着要将曾祖他们捆起来。因为事出突然，又带着网具，跑是不现实的了，危急关头，曾祖走到最前边，站在两边都是水塘的塘埂上，叫几个徒弟拢在后面，徒弟们问曾祖拿什么抵挡？曾祖笑笑说，就用这网戳。大家面面相觑，心想这网戳只有拇指粗，又是竹子的，能管用吗？来不及细想，对方的扁担、铁叉已经打过来了，曾祖从容不迫，上挡下扫，上架下拂，竟然一一将对方彪形大汉全力抡来的铁叉等化为无形，顷刻间将十来个人或扫或拂打入水中！对方大骇，顿时一哄而散。曾祖之所以能够如此，关键是瞬间将力道逼到了竹棍之上。

曾祖的这次行动折射了东乡武术的一些特点，其一是避虚华而取狠实，曾祖所用的套路只是简单的挡、驾、扫、拂，没有一点花架子，却刚劲勇猛，招招实用。其二是辗转幅度小，有利于在狭小的空间如窄窄的水塘埂上施展动作，所谓拳打卧牛之地，棍探龙潭虎穴。其三是化普通为神奇，可以信手拈来一些物件当武器。习练东乡武术者大都是普通的农民，条件有限，因而器械不讲究“高大上”，少有专门定制的专业武术器械如刀、枪、棍、鞭等，主要是就地取材，曾祖用的武器是捕鱼的简便工具网戳。其实，在东乡很多生产生活用具都能够巧妙转化为凌厉的武器，这样，无论在什么地方遇险，都能找到可以攻防的东西。如一把普通的剪刀，瞬间可拆成短兵器双铁尺，携带方便，运用自如，既可前戳后捣、上架下截，又能进退辗转，左右开弓，技击凶悍，姿势还相当优美。再以板凳为例，这本是家家户户都有的称得上粗糙的坐具，但东乡人可以双手紧握板凳四腿，上腾下翻，左抵右挡，必要时一手甩出去作长枪，当盾甲，攻防兼备，滴水不漏。2008 年 1 月，凤凰卫视知名主持人胡一虎采访东乡武术时，以为板凳花很简单，但真的较量起来，三下两下就被撂翻了，直呼太神奇太厉害了！还有更绝的，东乡农民干活时，腰间习惯系一条长长的土布汗巾，一旦需要，匆匆浸到水里绞干，便可击打如钢鞭，绞缠如铁链。这就是东乡绝技“毛巾花”。

今天考略已经辉煌不再的东乡武术，旨在从过往的碎片中吸取一些养分，让曾经的开放包容而又抱朴守直、勇猛刚强而又德器并重、重义持节而又敢于担当的东乡武术精神，进一步厚植在枞阳人的血脉里，让新时代的枞阳文化名片更加炫目！

乾隆来了，东乡士子接驾

你知道乾隆首秀下江南时，有一位东乡的乡贤代表安徽士子到江宁（南京）接驾，进献迎銮诗赋，并参加乾隆命题的召试（皇帝召来面试，为封建时代选拔官吏的一种特殊方式）吗？

这对我们的记忆似乎有一定的冲击。乾隆下江南召见的，或者说参与接驾的都是沿途的官吏、士子、乡绅等，而他并未经过安徽，这位乡贤是如何参加接驾的呢？

事情发生在1751年春，这位东乡士子叫周捷英，周潭人，他事后写了一篇《迎銮恭记》。

1751、1757、1762、1765、1780和1784年，乾隆曾六次下江南。乾隆为什么如此钟爱江南？有人说“江南好，风景旧曾谙。日出江花红胜火，春来江水绿如蓝。能不忆江南”，江南“上有天堂，下有苏杭”的形胜太迤逦曼妙了。有人说，江南是“堆金积玉地，温柔富贵乡”，袅袅婷婷，燕语莺啼，琴棋书画，似水柔情的江南女子太绝代风华了。而乾隆恰恰是一个最热衷于“来一场说走就走的旅行”的大家，屡下江南自然不足为怪。

但我们的思考如果仅仅局限于此，那就实在冤枉乾隆了。江南乃是繁华富庶之地，文化昌盛之乡，清初时，江南一省的赋税占全国的三分之一，还有“天下英才，半数尽出江南”一说。如此重地，乾隆怎不牵挂其吏治如何？民情怎样？用他自己的话说，就是要通过巡幸，“省方（巡视四方）观民”“入疆考绩”。

《迎銮恭记》开篇即写道：“皇帝举南巡大典，京畿山东浙江大小臣民无不诚欢诚忭，引领祈望。”乍一看一听，似乎觉得周捷英极尽阿谀奉迎，细思之，乃真实的写照也。一者，一般的臣子，能有几次见到全国的一把手？黎民百姓穷其一生恐怕也难得一睹天颜了，现在乾隆这个帅哥自个儿沿着大运河的T台，来到观众席中走秀，大伙可以零距离地欣赏，能不因惊艳而欢欣吗？二者，乾隆带着老娘媳妇和几千人的随从来了，这拉动的消费也是足够令人浮想联翩的了。三者，乾隆是花了大价钱买了下江南的“门票”的，拿乾隆自己的话来说，就是“乘时布泽，蠲（juān，除去，免除）除积欠”。乾隆下江南首秀即谕曰：“著将乾隆元年至乾隆十三年江苏积欠地丁二百二十八万余两，安徽积欠地丁三十万五千余两，悉行蠲免。俾官无诖误民鲜追呼，共享升平之福。”又谕曰：“其浙江一省……著将本年应征地丁钱粮蠲免三十万两，以示鼓励。”现杭州市余杭区塘栖镇广济桥北岸的水北街耶稣堂西侧，还保留有当年正月初二立的该谕旨的御碑。而乾隆六次南巡免银总计在1000万两以上，相当于1753年清政府财政收入的五分之一。至于许多升斗小民到最后并没有得到地丁钱粮的足够赦免，其实是一种古代社会惯见的“政策出宫后，层层来克扣”的现象，只恨乾隆爷犯了重部署轻督促、重开始轻结果的官僚主义错误；而乾隆后来在下江南中劳民伤财，所费空前，其实也是一种封建制度下常有的俗套，只恨乾隆爷自个儿经受不了糖衣炮弹的袭击，自己打了自己的耳光了。

乾隆下江南，地方官当然要想尽一切办法，以展示歌舞升平之光景。周捷英说：“督抚又以江南为人文渊薮（比喻人或事物集中的地方），必多夙学隽才。考据典故，赞扬致治，以极千载一时之盛！”而这正是乾隆培植士类的一个绝好的机会。江南为人文宝地，人心所向至为关要。乾隆下江南尽管活动的场次很多，类型很杂，但抚慰汉人，使之增加认同感、向心力，则是其作为满族出身的皇帝的重要出发点和落脚点之一。为此，乾隆不仅使出了蠲赋以惠养黎元的大招，还祭出了巡视河工、加恩缙绅、培植士类、阅兵祭陵等手段。乾隆下江南一路走来，经常以死人慰活人、以死人抬活人，亲自或遣官祭拜汉族先贤先哲包括明代皇帝，如祭拜孔庙、海神庙、吴越王钱镠祠、晋臣卞壸祠、唐臣陆贽祠、宋臣岳飞祠、宋臣范仲淹祠、明臣于谦祠和方孝孺祠等，还相应赐以“内相经纶”“伟烈纯忠”“丹心抗节”“浩气同扶”等匾额，并祭了一系列的明朝皇陵。祭明太祖陵时，亲自行三跪九叩礼，御书匾曰“开基定制”。

乾隆所做的活人文章当然更加生动而有系列了。增加试额、召见士子，则是这活人文章系列的重要一环。1751 年农历二月己巳朔日，乾隆颁谕：“更念三吴两浙为人文所萃，皇祖圣祖仁皇帝屡经巡幸，嘉惠胶庠（指学校），试额频加，覃敷（tán fū，广布）教泽。朕法祖省方，銮舆斯莅，式循茂典，用示渥恩（深厚的恩泽）。所有江苏、安徽、浙江三省本年岁试文童（应秀才考试的士子），府学及州县大学着增取五名，中学增取四名，小学增取三名。”此处大学、中学、小学与现代学校的设置不同，《清史稿》载：当时设府、州、县学，“员额时有裁并。生员……曰廪膳生、增广生、附生。初入学曰附学生员。廪、增有定额，以岁、科两试等第高者补充。生员额初视人文多寡，分大、中、小学。大学四十名，中学三十名，小学二十名”。

“江南为人文渊数，必多夙学隽才”，但总不能让所有的士子都来接驾吧？那就“学使职司文衡（以文章取士的标准来取舍权衡。又指科举制度下的主考官）例应考校”，优中选优以备召见！周捷英有幸叨列参考之列。采取的办法是“上下两江学使分考”。噢，等等，上下两江是什么地方？另外，前文说乾隆下江南未经安徽，桐城东乡的周捷英怎么到南京接驾的？

要回答这些问题，我们得脑补一点历史知识了。乾隆在 1750 年农历十二月乙酉日的谕旨中明示“朕于（明岁）新正恭奉銮舆，巡幸江南、浙江”，这里的“江南”一词其实是沿袭旧称，江南省原为明朝南京（南直隶）地区，满清入关后，于顺治二年（1645 年）设江南承宣布政使司，废除了南京为国都的地位。康熙初年，改承宣布政使司为行省，江南承宣布政使司即改为江南省。1667 年，“江南右”取江宁府（今南京）、苏州府首字，改称为江苏省，府治在江宁；“江南左”取安庆府、徽州府（今黄山市）首字，改称为安徽省，府治在安庆。乾隆的谕旨中也不乏“江南安徽”“江南江苏”的称谓。

“两江总督（府）”是我们耳熟能详的一个词，两江总督府位于南京总统府院内，衙署内有“惠洽两江”的牌匾，这是乾隆赐予两江总督尹继善的，谓他为官两江，造福一方。“两江”即指江南省和江西省，实际是指江苏、安徽、江西三省。衙署内还有“秉钺三江”的牌匾，意为执掌三江的兵权。不是说“两江”，怎么又冒出了“三江”？原来，江南省拆分为江苏、安徽两省后，按二省所处长江的位置，又把安徽省称为“上江”，把江苏省称为“下江”，加上江西省即为“三江”了。如此说来，乾隆没有到安徽，但他下江南的恩惠政策是施及安徽的。东乡周捷英作为安徽士子的代表，能参加乾隆下江南的接驾也就顺理成章了。

周捷英说：“上江与考者二百余人，而取备者则二十人。”这激烈的程度丝毫不逊于 20 世纪七八十年代千军万马过独木桥的高考！而一旦被取中，好日子便来了，乾隆下旨“饬备士子茶饭”。据此，“兹二十人者，居有粮，行有饩（牲口，指牛马车），衣有服，冠有章，诸有司为之经纪，诸博士为之相度”，吃喝穿戴官府全包了，各种礼仪亦有专人指教。

终于，乾隆登场了。“引诸生至龙潭接驾，去行宫十数里，各著公服顶帽，长跪竦身，恭捧迎銮册于额。”这是何等宏大的阵势！接驾人员的行为举止，实在让今天的人大开眼界，虽有“男儿膝下有黄金”的古训，但遇到皇帝焉敢不跪？下跪，是让下跪者认清自身之卑贱，是让被跪者尊享自身之高贵。不仅长跪，而且“竦身”，伸长了脖子，还将迎銮册恭捧于额，期待何其急切，恭敬何其至诚，但下跪者一切的尊严，便也在权势面前顷刻间荡然无存了。

乾隆呢？“皇帝从东来，御翠云裘（上有云彩纹饰之裘），乘天厩马，黄幄左纛（dào ，这里指帝王车舆上的饰物），侍卫千百，执豹尾枪随其后。”不愧是天子出场，铺陈何其阔大，气象何其威武！“马有五，上公宰相环之，其中一马前出者则圣天子也。”“见诸生跪道左，问曰何为？左右对曰进献诗赋之秀才也。皇帝天颜和霁，俞（文言叹词，表示允许）旨曰，如此何不交奏事官？”虽然对这些不知跪了多时的秀才们一句问候语也没有，但毕竟首肯将他们进献的诗赋收下了。

接着，乾隆下旨“凡进献诗赋者著在都统衙门听候考试”，即举行召试，钦命题三道，蚕月条桑赋、指佞草诗、理学真伪论。乾隆此次召试，“取高等者赐举人，仍著以内阁中书行走”。因此，他御制的这三道题目，实际就是一考定终身的“高考题”，没有基础知识题、阅读分析题等，更没有文综试卷、理综试卷，就以作文定“高考”，今天考试门类繁多的亲们，难免要羡慕嫉妒恨了。

《清史稿》记载：“康、乾两朝，特开制科。博学鸿词，号称得人。然所试者亦仅诗、赋、策论而已。”虽然中央官学在康熙朝曾设立算学馆，雍正朝曾设立俄罗斯馆，但招收的都是八旗子弟，且数量极少。1751 年仿宋朝胡瑗经义、治事分斋法行分斋教学，增加一些实学教学内容，如水利、天官、河渠、算法等。日常管理按照 1644 年制定的国子监监规执行，但也不占主流。科举考试的内容主要是八股文。八股文主要测试的内容是经义，《诗》《书》《礼》《易》《春秋》，五经里选择一定的题目来进行写作。题目和写作的方式都是有一定格式的，八股文中有四个段落，每个段落都要有排比句，有排比的段落，叫四比，后来又叫八股。不过，如此将科学技术、工商业以及内政外交所需的其他许多知识，排除在科举士人的旧学视野之外，如此“专课文艺，无裨实学”，对于社会的发展自然是极大的束缚，乾隆盛世之后走下坡路，乃至科举制度最终被废除，当是在所必然。

第一题：蚕月条桑赋。蚕月，即夏历三月，是养蚕的月份，故叫蚕月。条桑，犹言采桑。赋，古代的一种有韵文体，介于诗和散文之间，类似于后世的散文诗，讲求文采、韵律，兼具诗歌和散文的性质。

但如果单照字面理解，在阳春三月蓝天白云下，丽人采着翠绿鲜嫩的桑叶，把蚕儿喂得肥美，来一番文采斐然的借景抒情，即使写出“蚕生春三月，春桑正含绿。女儿采春桑，歌吹当春曲”（南朝民歌《采桑》），或者写出“冶游采桑女，尽有芳春色。姿容应春媚，粉黛不加饰”（南朝民歌《采桑》），再或者写出“鸟鸣桑叶间，绿条复柔柔。攀看去手近，放下长长钩。黄花盖野田，白马少年游。所念岂回顾，良人在高楼”（唐王健〈相和歌辞·采桑〉），也很有可能是被带进“沟”里了。要知道这四个字出自《诗经·七月》，相对完整的句子是“蚕月条桑，取彼斧斨，以伐远扬”，其意思是在桑树生长最茂盛的养蚕三月，拿起斧头，砍去过于远扬的枝条，以让桑树更好长成。乾隆的圣意是不是有这样一种恭顺守礼、不可张扬，或懂得扬弃、道法自然的深意在呢？

第二题：指佞草诗。指佞草，传说中能识别奸伪的草。晋张华《博物志》卷四：“尧时有屈轶草，生于庭。佞人入朝，则屈而指之。一名指佞草。”宋范仲淹《和庞殿院见寄》：“直节羡君如指佞，孤根怜我异凌霄。”唐梁肃《指佞草赋》：“佞者小人之道，直者为国之宝”“佞直不分，邦家靡定。”

乾隆此时出这道考题，自然是深谙佞臣之害，而要应试的士子和天下官民识别奸佞、痛恨奸佞、铲除奸佞，营造一个清明的政治生态。可悲的是乾隆非常自负，晚年自称“十全老人”，实际却是志得意满、好大喜功、大兴土木、劳民伤财，而且“多从宽厚”，无法摆脱吏治败坏、弊政丛出、贪污盛行的状态，大名鼎鼎的和珅就是一例，乾隆自己也承认："各省督抚中廉洁自爱者，不过十之二三。"此外，乾隆故步自封、盲目自大，没有跟上时代的步伐，渐渐使中国与西方的差距拉大，被世界远远甩在了后面。

第三题：理学真伪论。理学，又名道学，两宋时期产生的主要哲学流派，以儒家学说为中心，兼容佛道两家的哲学理论，论证了封建纲常名教的合理性和永恒性，元明清均被采纳为官方哲学，更加突出纲常伦理。这道题实际是策论，要求写成议论当前政治问题而向朝廷献策的文章，就考试形式和要求而言，比八股文要有很多进步。

这是一道乾隆的爷爷康熙在 1694 年召集翰林官员时曾经出过的试题。爷孙俩都拿此题来考，究竟何为？当年，康熙帝当场羞辱这帮平时颇以才学满腹自居的文士们，也包括了他的老师熊赐履，以及已经去世的一些名儒，甚至骂这帮人是"假道学"，说"使果系道学之人，惟当以忠诚为本，岂有在人主之前作一等语，退后又别作一等语者乎?"乾隆在首次下江南的头一个月，曾下旨旌表未婚守志的镇海驻防汉军陈士元聘妻李氏等、安徽等省陈政聘妻李氏等十七口和夫亡殉节湖北等省王必选聘妻汪氏等五口……各给银建坊如例。窥一斑而知全豹，从康熙的言和乾隆的行可知，他们所谓的真理学乃是突出忠诚于帝王、"存天理、灭人欲"等有利于维护封建统治秩序的纲常伦理，而这些只是程朱理学的一部分而已。

不过，从以上三道御制的题目看，乾隆能够从浩瀚的传统儒学典籍和典故中，为着自己的目的信手拈来而为题，并能够直接以关乎统治基础和人心凝聚的理学命题，说明他对于博大精深的儒学非常熟悉。事实上，活了 88 岁的他一生作诗 41800 多首，从生到死平均一天作诗超过一首，虽然很少有人承认他是诗人，但他对汉文化的热爱则可见一斑。他颁布诏令实施了中国古代最大的文化工程——编纂《四库全书》，该书称得上中华传统文化最丰富最完备的集成之作。他还下令编纂了中国书画著录史上集大成的巨著《石渠宝笈》。这两项，对于保护和弘扬我国的传统文化功德无量。乾隆个人的文学创作水平似乎更多地表现在他的题匾题联上，如题故宫养性斋，即皇帝书斋的对联："休道鸢鱼看活泼，清闲书史挹菁英。"这哪里还是一个日理万机驾驭权术的皇帝？清新洒脱饱览诗书的文人形象瞬间跃然纸上。又如题南京夫子庙前的"天下文枢"牌坊联："允矣斯文，为古今中外君民立之极；大哉夫子，会诗书易礼春秋集其成。"对儒家精髓的提炼和表现何其精准，何其大气！

当然，乾隆又大兴文字狱。文字狱在清朝历任皇帝治下都曾发生过，如戴名世就曾因《南山集》被康熙处斩。乾隆当政 60 年，数得上来的文字狱就有 130 多起，加上一些阿谀奉承的小人推波助澜，其捕风捉影之荒唐、滥罪株连之广泛、身家处理之严酷，连其祖和其父也难望项背。

乾隆推崇汉文化和大兴文字狱似乎有些矛盾，其原因却很明确也很简单，那就是必须为他的统治服务，稍有异样必遭严厉打击。以至于曹雪芹写《红楼梦》时不得不声明，此书大旨言情，都是些"贾雨（假语）村言，甄士（真事）隐去"。小时候曾听说过清代有位读书人，因风吹乱了他的书页，引发诗兴，吟了一句"清风不识字，何事乱翻书"，却被指讽刺清朝皇帝是马背上的皇帝，没有开化不谙文明，从而招致了杀身之祸。有人曾提出疑问，照此理解，清朝乾清宫一直挂有的顺治帝所书、康熙摹勒上石、乾隆皇帝摹拓的"正大光明"匾，岂不是更有光复大明朝之意？

还是回到考试的主人翁周捷英等人身上来。他们这批安徽士子考试结果怎样？"是年二十人中，惟怀宁县拔贡蒋雍植、休宁县生员吴志鸿、全椒县生员吴烺召试称一等，其余与考俱蒙圣恩赏赉有差。"这里顺便说一下吴烺，此乃大名鼎鼎的《儒林外史》的作者吴敬梓的公子，后授内阁中书（从七品），官至山西宁武府同知（为知府的副职，正五品）。

接着，乾隆又颁下谕旨："江苏续进诗赋之魏近思等八名，并安徽进献诗赋之周捷英等十二名，著各赏给缎一疋（pǐ，同'匹'），荷包一对。"两年之后的1753年，周捷英被拔贡，即由省级学政从生员中考选，保送国子监。不久，被授景山教习，接着又被钦赐举人，仍著中书处行走。

凤凰山与鹊石山

凤凰山在江南铜陵，鹊石山在江北枞阳，二者似乎没有什么瓜葛。其实，一个由古及今均是望族的周姓，却早在800多年前，把凤凰山和鹊石山缔造成了兄弟之山，也使得铜陵与枞阳两地早在800多年前就开始了互动。

铜陵有凤凰周氏，枞阳有鹊石周氏。在聚族而居的传统下，一个大氏族的历史往往关乎一个地方的历史，氏族史的谱牒与国史、方志同为史学三大支柱，探讨凤凰周氏和鹊石周氏的关系史，就是探讨凤凰山与鹊石山、铜陵与枞阳的关系史。笔者查阅《鹊石周氏宗谱》，对于上述两个周氏家族以及凤凰山和鹊石山的历史联系有了一定的了解。那么，凤凰周氏宗谱对此的记载又是怎样的呢？2016年的一个冬日，我与周春生先生一起来到铜陵凤凰村，找到了周杰根老先生，他热情地为我们搬出了《五松周氏宗谱》（这里取“五松”名，是代指铜陵，包含凤凰山）。在卷一，我们见到了作于南宋绍兴四年（1134）冬十月的《周氏分迁记》和作于大元泰定元年（1324）甲子春三月的《周氏宗谱序》，这两篇文章鹊石周氏宗谱也收录了，内容完全相同，只是鹊石周氏宗谱将“分迁”刊作“始迁”，意思一样；将“序”刊作“叙”，旧时通用。由此，我们终于清楚地确认，凤凰周氏和鹊石周氏以及凤凰山和鹊石山原来竟然有着十分密切的历史渊源!

凤凰周氏和鹞石周氏的先祖为宜兴人，世居柯山，而宜兴柯山周氏又源于汝南郡（河南省驻马店)，再上溯便是周文王姬昌，“自后稷至文王邑于周（陕西岐山一带)”，其子孙便以国为姓。由古及今，泱泱周氏，名人辈出，如周勃、周亚夫、周瑜、周处、周敦颐、周必大、周臣、周延儒、周岐、周大璋、周树人（鲁迅)、周恩来、周荫棠等，不胜枚举。

金辽肆祸，宋高南渡，宜兴乃兵戈往来之所。为避祸乱，有宜兴同宗周孔嘉四兄弟到宗祠祷告，周孔嘉出祠见天上一只大鹞子飞来，立誓说我逢鹞即居；周孔庄说吾祖岐山，凤鸣于岐，我遇凤凰则住；周孔敬看到半空油然作云如龙化雨，便道我必逢龙始居；周孔吉见门外田平有水，且说我遇平田则可处。后来，他们由采石矶渡江抵桐城县东乡鹞子山（周潭镇境内）下，作为兄长的周孔嘉表现出高度的兄弟情和助人精神，说：“尔等未得其所，吾忍独安乎?”于是，他又带着兄弟们复又渡江，先到铜陵凤凰山帮周孔庄安顿下来，后又奔太平龙门渡助周孔敬挣得宅田，待周孔吉最后一个在青阳平田落户后，他才打算回到鹞山石下，但“崎岖山谷因而羸惫而卒于平田”，便在当地安葬。丧期满后，周孔吉对周孔嘉的儿子周仕龙说：“汝父虽殁，志不可忘也。”乃送周仕龙重新回到鹞石山。周仕龙在鹞石山下披荆棘造庐舍而居，开枝散叶。周仕龙解元出身，卒葬于周家潭松园，具体地点已不可考。这一支周姓又称鹞石周氏，后来鹞石周、凤凰周、太平龙门周、青阳平田周合修宗谱时，鹞石周氏仿朱熹将实际迁居婺源茶院的朱姓第一人称为茶院朱氏始祖例，将周仕龙尊为鹞石周氏的一世祖，即文一公。而凤凰周也相应地将周孔庄的儿子、曾任池州府儒学正堂的万一公尊为一世祖。

其后，由于地理相近，凤凰周氏有迁来鹞石山的，鹞石周氏也有迁到凤凰山的，短期暂住的就更多了。周杰根老人还告诉我们一个秘密，鹞石周氏的二世祖庆二公葬在凤凰山景区，20 世纪 50 年代前鹞石周氏经常有人渡江前来扫墓。查鹞石周氏宗谱和雍正二年（1724）三甲进士鹞石周大璋的《仁松听斋二公合传》，亦有鹞石周氏“二世祖庆二公葬于铜陵凤凰山”之明确记载。

一直有传说鹞石周是由铜陵凤凰周迁来的，其理由就是官至提领（从七品）的庆二公葬在了凤凰山，还有一副对联：“凤凰朝九子，鹞石源三公。”有人将上联的“朝”读作“造”，将“九子”解读为九个儿子，将下联的“源”读作“衍”，“三公”解读为鹞石周氏三世祖“正三公”，意即凤凰一脉生了九个儿子，其中第三个儿子即正三公复迁鹞石。其实，这副对联上联中是“朝（cháo）”而非“造”，“九子”是九子山即九华山，而非九个儿子；下联中是“源”而非“衍”，“三公”是三公山而非正三公，上下联说的是凤凰山朝向（朝拜）九华山，鹞石周氏一脉发源（肇基）于三公山。而庆二公葬在凤凰山，是因为鹞石周氏与凤凰周氏均迁来不久，庆二公造访本家兄弟而到凤凰山，不幸客居而死，受当时的条件限制，便葬在凤凰山，并非迁居到凤凰山。综上所述，根本不存在庆二公的儿子正三公所谓由凤凰山再复迁鹞石山的事，鹞石周不是凤凰周的子孙，两家的一世祖的父亲事实为堂兄弟，前者为老大，后者为老二。

但在凤凰山景区，因为缺少具体的指引，我们当天没能找到葬在这里的庆二公的墓所。2018 年 9 月底的一天，我与周春生先生再次来到凤凰山，这次我们带了《鹞石周氏宗谱》所载的庆二公墓的地形图，地形图清楚显示庆二公墓在凤凰石与滴水岩中间。我一路寻找，忽然心有所动，往后折返了几步，竟然看到了一块露出地表的残碑，上书“桐城鹞石周氏”，原来是庆二公坟墓的界碑。这样，便很快找到了庆二公墓，碑的下部已折断，墓葬显得很是荒凉。庆二公墓的地籍载铜陵县鱼鳞库册惧字二百八十四号。庆二公葬后，因长江阻隔，兵燹迭起，族人渐次失祭，茔境屡遭侵扰盗葬。康熙十八年（1769）至五十八年（1719），鹞石周氏一干人等前后用命，其间理学宗师周大璋（时为贡士）等人无奈诉至铜陵县衙，赖当日与鹞石周氏同迁而居凤凰山之弟族及当地他姓乡绅助力，胜诉息争。康熙五十八年（1719）冬月蓄荫扩充，就茔展冢，更置墓碑，官批重立界碑八块。嗣后又因各种原因，复致眼前的松楸不扫、碑残墓荒的景象，我们不禁唏嘘。所幸，当年冬至日，散居各地的一些鹞石周氏裔孙为庆二公墓再次竖起新碑。

从以上的叙述可看出，凤凰周氏和鹞石周氏同时从宜兴分别直接迁到凤凰山和鹞石山，迁来的时代应为南宋初期，因为《周氏分迁记》记录他们迁徙是在高宗南渡（公元 1127 年）后，而该文明确注明成于南宋绍兴四年，即公元 1134 年，所记距所迁时间很短，其真实性不容置疑。因此，他们的迁徙应在公元 1127—1134 年。1998 年出版的《枞阳县志》“地方史考”也载：“周氏迁桐甚早，约在宋代。”凤凰山周氏古民居的标牌上亦载凤凰周氏迁来已有 800 多年，间接证明了鹞石周氏迁来是在两宋之交。有的文章说鹞石周氏系宋末元初甚或元末明初迁来，都是大错特错了，与鹞石周氏已发展到二十八九代的事实也不相符。最为重要的是，因为周姓缔造了凤凰山和鹞石山兄弟之山的关系，铜陵和枞阳的人文交流已有 800 余年的历史了！

明遗民奇人周岐身世和行实考论

若是研究方以智，便无法绕开周岐。他和方以智从年少到年老相识相知了一生，情同手足，他还帮助方以智父亲方孔炤建立了“八战八捷”的功勋。

若是研究桐城文化史，便无法绕开周岐，他是明末桐城文化的中坚人物，诗文与事迹收录在多本桐城文化的著作中。

若是研究滕王阁史，便无法绕开周岐，他曾协助蔡士英主编过《滕王阁全集》和《滕王阁征汇诗文》。

若是研究明遗民史，同样无法绕开周岐，他的名字在明遗民录和许多著作中出现的频率很高。

周岐（1608—1669），原名基，字农父，号需庵，人称土室先生，又私谥文贞公，枞阳县周潭镇（今属铜陵市郊区）人。

笔者曾经撰写过一篇文章《明季奇人周岐：“名士咸以得交为重焉”》，说到他有五奇：身世奇、学问奇、胆识奇、谋略奇、退身奇。随着研究越来越深入，却发现那篇小文对他的史实挂漏很多，特别是发现自他去世后不久，便有一些涉及他的文章在史实方面出现了模糊甚至矛盾之处，比如有的说他本姓朱，有的说他随杨龙友抗清战死在军中，有的说他不够明遗民的资格等。

鱼目混珠，真相究竟如何？笔者选取了几位同为旧桐城人且与周岐生活时代相同或相近的学者大咖作为参照，如左光斗、左光先与周岐是同辈加亲戚；方以智、钱澄之、孙临等与周岐是同辈加朋友；而潘江、戴宏烈只比周岐小十来岁，是周岐的小老乡；左宰是左光斗曾孙，也只比周岐晚七八十年，是周岐亲戚中的晚辈；马其昶虽是清末民初学者，但他对桐城明清历史的研究非常扎实。这些人无疑最能了解或接近周岐事迹的真相，根据这些人的著作诗文和相关谱牒，本文力图对周岐的身世与行实作一个全面的考论，还原一个最真实的明遗民奇人周岐。

（一）周岐本姓周

——驳陈焯的周岐“本姓朱”论

清顺治九年（1652）的进士陈焯主编的《安庆府志》述：“周岐，字农父，邑诸生，本姓朱。其父周叟为左少保光斗妇翁，叟富而无子，有妾改适朱氏，逾年生岐。叟殁，少保迎岐归周，以为叟后。”从周叟、左光斗、周岐的人物关系看，“周叟”乃是周时兴，字延高，号起吾(亦作启吾)。

陈焯开宗明义肯定了周岐本姓朱，接着又说“逾年生岐”，“逾年”可作过了一年或次年解，“逾年生岐”不外乎三种情况：一种是改嫁后过了一年生下来，周岐显然不是周时兴的儿子；一种是当年改嫁后当年怀孕，第二年生下来，或改嫁后第二年怀孕第二年生下来，周岐依然不是周时兴的儿子；一种是改嫁时已有身孕，第二年生下来，周岐显然是周时兴的儿子。联系前后文，陈焯所说的“逾年生岐”显然是指第一种或第二种，用以证实周岐“本姓朱”之论。陈焯接着又说“叟殁，少保迎岐归周，以为叟后”。细嚼之，这句话会令人有这样一种感觉：周岐不是周时兴的亲生儿子，否则，一直苦于无子的周时兴能不在生前及时将他迎回周家吗？尤其是“以为叟后”中的“以为”二字，更有生拉硬扯的味道。很显然，陈焯是在进一步暗示周岐“本姓朱”。

周岐真的本姓朱吗？事关历史人物及其家族的声誉，涉及如何书写历史或者如何治学的问题，有必要弄得清楚明白。

台湾东华大学中文系教授谢明阳在其所著《周岐入清前后的行迹考论》(《国学》第六集）一文中，分别引用了左宰在乾隆年间编成的《左忠毅公年谱》“万历三十九年（1611）辛亥公三十七岁”条和马其昶《左忠毅公年谱定本》“万历三十九年（1611）辛亥公三十七岁”条，其中马其昶说：“ 公（左光斗）外舅（岳父）周公家故饶，无子。晚年娶妾，更遣去，五月而生子，乃赎之归。……《桐城志》：‘周岐，字农父，著名复社。’”马其昶的说法大抵沿自左宰，两人所述惟一重大不同处在于：左宰《左忠毅公年谱》中的“晚年置侧室，生子数龄”之语，马其昶《左忠毅公年谱定本》更定为“晚年娶妾，更遣去，五月而生子，乃赎之归”。马其昶云“五月而生子”，肯定了周岐确实是周时兴之子。

不过，左宰为左光斗曾孙，马其昶《左忠毅公年谱定本》成于光绪年间，时代远后于陈焯康熙年间刊刻的《安庆府志》，我们该听谁的呢？谢明阳教授肯定了马其昶的说法：“但两相比较，马其昶的写作用心可知，其说或有所据，我们于此等处可以不必置疑。”但一句“其说或有所据”，其实是“肯定’得并不肯定，有些含混，证据不足，当作进一步考证。

最真实最有力的答案，其实就在于谢明阳教授在文中引用的鹞石周氏宗谱之中。

“时兴，字延高，号起吾。礼部优叙太医院官。生嘉靖甲子（1564）八月初七。娶王氏，生女一，适副都御史少保左光斗，诰赠一品夫人。继娶陆氏，续娶谢氏，生子一，岐。氏俱赠宜人。公卒万历乙卯(1615）十月十二巳时。”这是谢明阳教授引用的《鹞石周氏尚义堂支谱》世系表中关于周时兴的小注。可惜的是，谢教授并没有就引用的内容之于周岐的血缘关系的重要性进行展开的分析，因为这个小注其实已经触及了问题的根本症结。

理由很简单。周岐是入了鹞石周氏宗谱的，既如此，就说明是本族血缘。因为宗谱对血缘、宗族和世系传承的登录极其严苛——至少鹞石周氏宗谱是这样。《桐城鹞石周氏宗谱凡例》云："有随母而从姓者，有爱立外姓者……俱并削不书……以清源本。"《鹞石周氏续修宗谱条例》"别真伪"条云："同宗之子出从外姓，名虽离祖，实同本源，定照前谱收入不弃，须于名下书出从继某姓某人，以便日后归宗。至有无后不立本宗昭穆之子，因爱而立外族并随母而因从姓者，名虽为子实非我族类，概不修入混宗。"这两段话最核心的意思是，如果不是本族血脉，即使因过继、随母改嫁而来等原因从了本族之姓的所谓名义上的周家子辈（娶除外），也不能修入鹞石周氏宗谱之中，目的是正本清源，确保本族血脉的纯洁与同一。

不管"逾年生岐"作何解，但凡普通老百姓，对于一个孩子多长时间出生之于血脉的关系，也绝不可能作出误判。那么，假若周岐不是周时兴的亲生儿子，鹞石周氏家族还判断不出吗？即使是后来迎归姓了周，以鹞石周氏关于子辈以血缘入谱（娶除外）的严苛要求观之，周岐能"混"入鹞石周氏宗谱吗？

还有更重要的证据。《鹞石周氏历修宗谱题名录》赫然载明清顺治丙申年（1656）修谱时"主修：班爵瞻明，日赤子组；倡修：家祺逢吉，岐 农父，南 汝为"。且周岐还曾作《重饬家规序》，亦载在《鹞石周氏宗谱》中。假若周岐本是朱姓血脉，即使他本事再大，鹞石周氏能让他担纲宗谱"倡修"和撰写《重饬家规序》这两件必须由本族真正的族尊才能有资格完成的大任吗？

周岐本姓周是不容置疑的。

那么，马其昶"五月而生子"的说法从何而来？左光斗次子左国棅撰有一文《嫡母周夫人传》，左国棅说的嫡母正是周时兴的女儿，左光斗的正妻，左国棅是左光斗续娶的戴氏夫人所生，故称周时兴的女儿为嫡母。文中有一句话："初起吾公艰嗣，置妾，有孕，逼遣之，五月产一子，赎回。"左国棅写嫡母弟弟家事，时间间隔又比较短，应是可信的。

至此，我们终于通过对血缘要求极为严苛的相关家谱等，替谢教授彻底完成了马其昶"其说或有所据"之"据"的论证。

不过，陈焯的"叟殁，少保迎岐归周，以为叟后"之说成立吗？或者反过来说，有没有证据证明周时兴在世时周岐已在他身边？谢明阳教授在文中引用了左光斗的《寿周太外母朱老孺人七秩序》："迨予得售春官，而室人早逝。孺人哀之，日焚香而吁曰：'余无孙，仅视此女，天不欲善吾老耶？'逾年，而舅氏举宁馨儿，孺人含饴弄孙，稍稍加匕箸，而孺人喜可知也。"所谓"太外母"，即太岳母之意，左光斗的太岳母朱老孺人，也就是周时兴之母、周岐之祖母；所谓"得售春官"，即礼部科举及第，这里是指考中进士；所谓宁馨儿，即这样的孩子，有赞美的意思，这里指周岐。左光斗说他考中进士的第二年即万历三十六年（1608）岳父周时兴有了周岐这个儿子，太岳母朱老孺人以含饴弄孙为乐。因此，周岐出生时或者出生不久即在周家。

问题的又一个关键是，太岳母朱老孺人含饴弄孙时周时兴有没有死？答案是否定的。周时兴去世的时间其"小注"已注明为万历乙卯（1615），显然，这时周岐已经虚龄8岁了。再结合左光斗的《寿周太外母朱老孺人七秩序》，可以清楚地看出，周岐与周时兴共同生活了8个年头。据此，陈焯的"叟殁，少保迎岐归周，以为叟后"的说法同样不实。

（二）解困于族孽

——左光斗和周磐石救孤

生为富有的周时兴的儿子，周岐的生活本该无虞，然而，就在周岐八岁的时候，情况急转直下。来看看周岐的一生好友方以智的一篇文章，他所作《鹞石周氏续修序》载，启（起）吾公（周时兴）"竟以直婴珰祸，而磐石遂行廉范魏邵之行"。婴同缨，缠绕、系牵；珰，汉代宦官帽子上的装饰物，借指宦官。作为礼部优叙太医院官的启（起）吾公受宦官迫害下狱了，经此打击不久，便于万历乙卯（1615 年）农历十月去世了，周岐还是一个幼童便成了孤儿，而此时他的姐姐也就是左光斗的夫人，也已经去世 10 年了。顺便说一句，比对鹞石周氏宗谱中周时兴的小注，左宰和马其昶均将周时兴的卒年系于万历三十九年(1611)，亦是错误的。

周岐成为孤儿后又是怎样成长成才的呢?

马其昶《左忠毅公年谱定本》曾提道："周殁，族人凯觊之，构狱，以半产啖公。公曰：'伐国不问仁人，此言何为来哉！'力白之当事，尺寸悉入印册，付遗孤岐，更延师教读，成立之。"左宰《左忠毅公年谱》的记载大体相同。周时兴过世后，族人贪图其钱财，欲贿赂左光斗，左光斗予以严词拒绝，更将岳父的遗产悉数交给周岐，为周岐聘请老师，至其成人。

谢明阳教授举了两个例子作为左光斗救孤的旁证，一是约在崇祯七年（1634)，兵部侍郎孙晋之弟、方以智妹夫孙临（字克咸，改字武公）作的五古《寿周大农父》，二是崇祯十年（1637），方以智作的五古《与农父夜叙作此》。我们且看其中孙临的五古《寿周大农父》："鹰鹯出君族，奋臂当门呼。赖有左中丞，缨冠加剥肤。所以投玉鞍，报之以琼琚。自此引绳交，不减婴与夫。""鹰鹯出君族"一语，即《左忠毅公年谱》所说的"族人觊觎之"，当时赖有左中丞（光斗）出面，向身陷剥肤之祸的周岐紧急施以援手。因为周时兴投之以玉鞍（嫁予女儿），所以左光斗报之以琼琚，即照顾周岐。自此以后，左光斗和周岐的情感，如同汉代的窦婴和灌夫，堪为引绳之交。

那么，仅仅只是左光斗帮助了周岐吗？我们来看看左光斗的弟弟柱史左光先所撰《明义士磐石周公传》，该文提道："岐以幼孤，困于族孽，茕茕不保，兄奋力翼之，厝危为安。且为综家业、儆课读。"周磐石名周日耀，大有来头，他的高祖系明户部刑部尚书钱如京的老师、嘉靖年间名士篁鹤公周京，他的姑姑为左光斗的母亲。左光斗被冤杀后，是他冒险带着表侄左国柱（左光明子）亲扶左光斗的棺材由京而归故里安葬。周磐石见孤儿周岐被族孽欺负，便果断地予以解救，并为周岐聚合家业，延师攻读，遂使“学成誉立”。周岐在悼念周磐石的文章《皭雀鸣·引》中也提到了这一点：“岐少孤，孽人争下，石先生力翼得免。”

以上关于救孤人物的记述似乎有点“打架”，但又都很权威。盖因一者侧重突出左光斗，一者侧重突出周磐石。其实，左光斗和周磐石是关系极好的表兄弟，救孤的事应该是他们共同努力的结果。

（三）以明经贡入京师

——超常的学识、胆魄与谋略

左光斗《寿周太外母朱老孺人七秩序》称：“幸邀天长子孙矣，孙（岐）甫六龄，能过目辄诵，吐词成章，远近称为奇童子。相其姿度，迥异尝（应为‘常’）儿。试以对，辄应答无间响，洵天授异才。”周岐6岁时堪称“神童”。周岐从小便对于天文、地理、水利、河漕、土田、赋役、兵刑、官制、边防、数学等多有涉猎。潘江著《龙眠风雅》卷三十七载，周岐“结童时即知名当世，与同里方文尔止、吴道凝子远、方以智密之、孙临克咸，以博雅好奇闻四方”。崇祯七年（1634）桐城“民变”，周岐、方以智等家庭暂时移居南京。戴宏烈著《周文贞公传》载，周岐遂以与云间（松江府）陈子龙（卧子其字）、李舒章以及江苏溧阳的陈名夏（百史其字）、宋其武辈结为至交，他的德操在白门（南京的别称）广为传颂，遂有了“名士咸以得交为重焉”的佳话。《龙眠风雅》卷三十七又载：“江左诸名士冠盖歙集，饮酒赋诗，必推公（周岐）上座。”

周岐志存高远，胸怀家国天下。他曾作《咏怀四首》，其三云：“凤凰鸣高岗，岂为稻粱谋？丈夫志四海，岂为名利求？”而在《同秋浦吴次尾（吴应箕，复社领袖）、顾子方饮左子直昆弟宅，席中赋赠》中又再次直抒胸臆："吾侪富贵亦何难，但患不能为碌碌。"真所谓视富贵如浮云，不为己身为苍生！面对"蒿目视天下，南北皆战冲"的明末动荡，他又借《己卯（1639 年）春饮池阳吴次尾、刘德兴、罗季先寓中即席分韵，得二冬》一诗放言："挟策数千言，善守尤善攻。岂必隆中人，抱膝称卧龙？"何必非要寻找诸葛亮？本人的文韬武略足够了！虽自信狂傲，但从经邦济世出发，又是何等的意气风发，何等的豪气干云！

周岐确是洞察敏锐，识见、胆魄和谋略超乎寻常。《周文贞公传》载："时时勤著述，自诗词外，条论当世之务动数十万言，遇事料成败辄如桴鼓。"他的预料就像鼓槌与鼓相应那样，迅速地就有了准确的结果。周岐敢于反对权奸，崇祯十二年（1639）春天，东林党后继的复社之领袖陈贞慧与吴应箕（执笔）共同起草了《留都防乱公揭》。公揭者，檄文也，公揭直指在南京韬光养晦多年的魏忠贤余孽阮大铖，历数阮的卑劣，警示世人。公揭以东林党创始人顾宪成之孙顾杲以及思想家黄宗羲为首署名。吴应箕在池州会集桐城诸子，并作五古《赠答周农父岐》："披褐溷都城，而慎中怀守。大道知者稀，高名俗必诟。谁能亲德邻，婚媾而匪寇。愿各乘素心，忘我饬固陋。"方以智因故未署名，阮大铖是周岐的同乡先辈，也曾拉拢过周岐，但周岐还是出于公义在公揭上署了名，与他同时签名的桐城诸子还有左国材、左国林、方文。到了农历八月乡试，士子会于南京，《留都防乱公揭》前后得到 145 人署名，最终公布于世，其中包括《桃花扇》主角侯方域。

也许，周岐生不逢时。"河南江北尽烽烟，欲耕谁是隆中田"（周岐《同秋浦吴次尾、顾子方饮左子直昆弟宅，席中赋赠》），明末的社会动荡不安，已很难找到一块净土了。根源是什么？官逼民反！周岐曾作《官兵行》进行了无情的揭露："贼近苦贼来，贼至恐贼去，贼来避有时，贼去官兵住。官兵畏贼如虎狼，但行贼后势莫当。鸣镇击鼓入村里，马索刍豆人索粮。不择鸡与豚，更驱牛与羊。倾仓倒瓮恣搜刮，排墙堕壁掘余藏……东家少妇已被污，西家儿女终夜啼。丁男杀尽丁女掳，扬旌奏凯唱功成。”民众固然怕贼，但“君不见贼去人归犹炊食，官兵所过生荆棘。痛哉良民至死不为非，无如官兵势逼民为贼”，官兵竟然比贼兵更可怕！如此，民众能不起而造反吗？

也许正因为看透了当时社会的没落，周岐取得贡生后，便不再继续求取更大的功名。《周文贞公传》载：“时贤记诵者多夺巍科（古代称科举考试名次在前者，包括会元、状元、榜眼、探花及二甲第一名的传胪），公于时以其才何难？”他傲视权贵：“傲五侯七贵之闲，惟二三故人往还。”更不会阿谀奉承、攀附权贵，以求显达：“未尝于达官要津门轻投一刺”；对于不对眼的人，即使为之荐官，他也不应：“潞河相公（小潞王朱常涝）闻其名，固欲见之，公固不见，临出都，始贻书指陈时事，潞河（相公）因益重公，欲荐以官，而公载道也。”

尽管淡泊功名，尽管傲视权贵，但家国天下依然是周岐最炽热的情怀。他位卑未敢忘忧国，《龙眠风雅》卷三十七云：周岐“崇祯朝以明经贡入京师，屡上书宰相，言时政得失。大司马冯公元飚特疏荐之，即参宣（宣府镇及大月镇。宣府，河北宣化；大月，山西大同市，其时皆为明边地）督孙少司马（孙晋，桐城人，1625 年进士，兵部右侍郎）军事。以功优叙，随授河南开封府推官（为各府的佐贰官，掌理刑名、赞计典，一般为正七品），监直指陈公潜夫军”。

这一事件成了他人生浓墨重彩的一笔。其中最值得品味的是，周岐终于通过言时政得失的途径，把自己的军事谋略发挥得淋漓尽致。《周文贞公传》载：周岐“目天下多事起，而谈兵执锐挽强……中久历戎行者多叹莫及”，谈起用兵之道连许多久经沙场的武将都自叹不如，但千万不要以为周岐只是纸上谈兵的赵括，前文所说“以功优叙”就是最好的例证。《周文贞公传》作者说：“适予舅氏宣督孙司马（孙晋）以简相招，公即慨然而至，即鼓其军设奇扼要。公之布算仅一二用，遂以决胜奏凯称大捷焉。”这是崇祯十五年（1642）的事。周岐仅用了一、两招奇谋，即帮孙司马取得了大捷。而且在参宣督孙少司马军事期间，他“出口外，特单骑遍历诸地，备志其山川险易之形，归拟为制策”，其作为军事参谋有胆有识的一面再次精彩呈现。

此时的崇祯朝已注定走向灭亡了。周岐尽管因高超的军事谋略又被一而再地荐用，但已难有建树了。《明史·列传·卷一百六十二史可法(任民育等 何刚等)》载，周岐与钱塘进士姚奇胤、陕西诸生刘湘客随何刚在浙江金华一带募兵教练。农历三月十九日，崇祯帝自尽。此时，南京兵部尚书史可法挥师至浦口，可惜京城已陷。陈子龙、夏允彝则已挥师到达天津，只得与何刚合兵一处。凤阳总督马士英暗中与阮大铖计议，主立福王。史可法先是以为不妥，但后来形势逼人，只好同意，随即被加封为太子太保，改任兵部尚书、武英殿大学士，出镇淮安、扬州。不久陈子龙升兵科给事中，称防江莫如水师，委托何刚等训练，何刚上疏却没有被新皇帝采纳，后任兵部员外郎，率周岐等归史可法统一指挥。第二年，也就是顺治二年（1645）四月，何刚受马士英排挤，被贬遵义知府。周岐以监军佥事衔参与大学士史可法军务。扬州城破，史可法拒降被杀，周岐化装逃出。

（四）两世交好留美谈

——与方孔炤方以智父子

方以智与周岐相识可谓惺惺相惜，他至少两次记述与周岐少年相识之事，足见与周岐相识对他的影响之大。年少的方以智闻得年少的周岐大名，急欲相交，在天启五年（1625）15 岁时，终与 18 岁的周岐结识，方以智在《博依集》卷八《初识农父·序》中清楚地记述：“己丑学于雾泽轩，从六叔（方文，小方以智 1 岁）闻农父言行，素心慕之，未尝得遇。一日，六叔置酒，一见如相识，各以诗为赠。”后几人在方以智父亲所建的城郊泽园中，成立“泽社”（“泽园永社”的简称），名动当时。方以智在《鹞石周氏续修序》中又说："自少与吾农父研席，浴其春风，早服老子温谦之道。"对周岐可谓推崇备至。方以智不光欣赏周岐"以博雅好奇闻四方"，还盛赞鹞石周氏"以孝弟姻睦为本，诵读耕稼为业，义种学耨沃其礼远之田"。

难能可贵的是，方以智与周岐自少年相识相交，便成了一生一世的朋友。清兵入关后，方以智从北京逃返南京，又经浙江、福建辗转到两广，先后追随南明弘光政权和永历政权。清军大举南下时，他宁死不降，于顺治七年（1650）在梧州云盖寺披缁为僧，改名弘智，字无可。尽管漫天烽火、关山重重，尽管"国变"归里后的周岐此时又返回已是大清的京城，方以智仍将这一情况写信告诉了周岐，可见在方以智心目中，周岐始终是肝胆相照的兄弟，"守节不逾"是方以智对周岐最基本的判断和骨子里的信赖。而周岐曾写下《得方密之粤中书，云已祝发(断发、削发，意指出家为僧尼)，寄诗有千秋揔是三生梦，五岳空埋九死心之句，悲不自禁，用原韵》一诗，"双龙两地各悲吟，孤剑飞潜瘴海深"，两位都是人中龙凤，却在两地煎熬，方以智更是冒着生命危险孤身追随南明政权，周岐对他既有疼惜，更有牵挂。"岂不怀归肠欲结，试看今日发谁簪"，"岂不怀归"的反问，问出了两人思恋故园的深情与无奈，"发谁簪"的直问，更问出了两人兄弟般的情感依赖与现实茫然。"余生已历多生劫，百死难消不死心"，余生与多生，百死与不死，形成了强烈的对照与反差，衬出了"劫"之繁多，更突出了"心"之不死，不言而喻，这"心"不正是传统士大夫的家国天下的情怀么？是对陷入悲观的方以智的激励，也是对自己的期许。"十载天南传鸿帛，开缄一字一沾巾"，兄弟天南地北劳燕分飞已十余载，思之念之，牵之挂之，百感交集，自是一笺心事满笺泪！

到了顺治九年（1652），经刑部湖广司主事施润章疏通，方以智终于离开粤西，北返回乡，后在南京高坐寺出家。顺治十二年（1655）冬，方以智父亲方孔炤病故，他破关奔丧，庐墓三年。就在庐墓的第二年，也就是顺治十三年（1656），方以智竟然以戴孝之身为鹞石周氏三修宗谱撰写了《鹞石周氏续修谱序》，这是一种怎样的情谊啊?!

周岐不仅与方以智情同手足，还与其父方孔炤交往甚笃，最突出的是曾经协助方孔炤取得“八战八捷”。《周文贞公传》载：“方中丞公抚郢，公实左右之，八战八捷，每算必中。中丞公尝称之曰：王佐才。”方以智本人在《送周农父还故乡序》中亦提到周岐协助他父亲方孔炤“八战八捷”事：“吾邑经民变寇警，益易练习，农父登陴（城上女墙，这里意为防御）以为常。家君子在郢，周子实左右之，八战八捷，每算必中。王佐才，何必多古人耶!”方中丞，即方以智的父亲方孔炤，方以智文中的家君子，亦是指方孔炤。崇祯即位后，因反对魏忠贤被罢官的方孔炤恢复职方司郎中，不久又升任尚宝司卿。崇祯七年（1634）为父丁忧期间平定桐城“民变”，崇祯十一年（1638）升任佥都御史，巡抚湖广，故又称“中丞”。刚到任，农民起义军首领张献忠已率军由郧阳渡河，方孔炤所部万人，其中快速部队——骑兵不到总数的十分之一，却在周岐“每算必中”的参谋下，取得了八战八捷的大胜。方孔炤因此赞周岐有“王佐之才”，即辅佐帝王治国安邦经天纬地之才。方孔炤后来在与张献忠交战中失利，并被弹劾下狱，实由主将杨嗣昌事中调度失宜、事后诿过诬告所致，不关周岐参谋事，但周岐极力协助方以智以血书申冤，方孔炤最终得以获释。

（五）感君缠绵意，还君明月珰

——以游幕和归隐守住遗民底线

清朝词人、学者、藏书家朱彝尊（1629—1709）辑《明诗综》，卷七十七周岐小传附载“诗话”称：“农父贡入京师，即上书宰相，言时政得失。冯公邺仙荐之参宣督军务，随授河南推官，参陈元倩（陈潜夫，元应为玄，康熙即位，避爱新觉罗·玄烨讳，改玄为元）军。复以按察佥事衔，参史公道邻（史可法号）军。晚又参杨龙友（杨文骢字）

军，死于浙右。”当代国学大师饶宗颐初纂、张璋总纂《全明词》沿用此说，并据杨文骢兵败于闽浙交界处的浦城，被清军俘获后不屈而死，推测周岐亦死于抗清，“约卒于清顺治二年（1645）。”但这个说法显然是错误的，为什么？《鹞石周氏宗谱》清楚载明过了10来年之后的清顺治十三年（1656），周岐正在与族人合修鹞石周氏宗谱。

那么，入清后周岐到底是怎样的一种状态呢？

马其昶著《桐城耆旧传》卷六云：“复以按佥事衔赞大学士史公军务。寻谢病归，筑土室龙眠。”《遗民诗》卷四云：“国变归里，以所居舍旁馀址筑土室终老。”周岐是在扬州城破后设法回归故里的，经查，扬州城破是在顺治二年（1645）四月。

不过，周岐真的是自此开始彻底的过起了“土室终老”的生活了吗？

《咏怀四首》从内容推断，当是周岐归里这段时间所作，其二云：“奄忽二十年，披褐守田庐。开轩望四野，徒倚步徐徐。伤哉富春老，白发钓溪鱼。”在外打拼二十年，刚刚有所建树，却又时运不济转了回来，有些伤感，恐怕会像婉拒汉武帝征召的严子陵那样钓鱼终老了。其四又云：“鸟知达士心，一息翔九州。”恐怕鸟儿也知道贤达之士的心——只要一息尚存，就要翱翔天下吧？怎能让一腔抱负、满腹经纶就此埋没了？这是一种挣扎，一种不甘！既如此，将如何？

《周文贞公传》载：扬州城破周岐归里后，“其中，经略洪太宰陈俱欲以原官荐之，不应，有窃其荐者因以得甲科（明、清通称进士为甲科），而公不以介意也。三韩蔡中丞以素交莫逆，一抚两督漕，每事必为借箸，到今军民遗爱不衰。两广卢、王两军门先后争延，雅非本志，卒力谢归。足不履城市，终于所居之土室。”《龙眠风雅》卷三十七周岐小传称其“国变归里，以所成舍旁余址筑土室，啸咏其中。溧阳陈相国欲荐以官，不应。河漕中丞及江粤诸幕府争延聘为上客，雅非本怀，竟谢病归，足不履城市，终于土室”。

通过这两段文字，我们明显地感到周岐自扬州归里后，外界一些过去是朋友现在已降清的人物，如洪承畴、蔡士英、陈名夏（百史其字）以及两广卢、王两军门，有过多次请他出山的事情，有的荐之以官，有的聘之以幕。那么，周岐是如何回应的呢？

我们分两个部分来说，先说“荐之以官”。以陈名夏为例，此人年轻时即与周岐交好，崇祯十六年（1643）进士，翌年降李自成，顺治二年（1645）又降清，官吏部尚书、弘文院大学士，曾多次拉拢当时的一些名人为清廷效力，周岐自然也是他拉拢的人物之一。周岐作《嫠女唫答陈百史》，以一个寡妇的口吻写道：“叠书置筐中，却拜归空房。孤鸾恋枯泽，彼凤自有凰。感君缠绵意，还君明月珰。”珰，妇女戴在耳垂上的一种装饰品，这里暗喻官帽官职。把“明月珰”还回去了，谢绝了他的荐官。从前面引用的文字看，周岐还婉拒了洪承畴的荐官。

再说“聘之以幕”。前文一句“竟谢病归”，一个“归”虽道出了结局，但也说明他曾经到过河漕中丞蔡士英所在的江西及其他相应的地方和卢王两军门所在的两广。关于前者，下文再叙。关于后者，《田间诗集》卷第十一收录钱澄之所作的《周农父、杨嘉树至自岭南，云于羊城晤姚六康，喜极有诗。向因友人讹传，遂有哭六康诗，想见之，哑然一笑也》一诗可以证实。究竟去干什么了？“争延聘为上客，雅非本怀，竟谢病归”，既不应“荐之以官”，又不应“聘之以幕”，那就剩下旅食一途了。所谓“旅食”，就是没有正式俸禄的人在别人家寄食。

当然，这是康熙初年的事了。而在此之前，“国变”之后，周岐主要的去处先是京城再是江西。还以陈名夏为参照，陈名夏有诗《周农父于秋七月来长安（这里指北京）过予》：“躬耕不肯出龙眠，忽漫相逢尺五天”清楚说明，周岐归里后确实有过一段乡居或隐居生活，但现在又与陈名夏相逢在北京了。周岐自己的诗作也证明他从扬州归里后不久又到北京。《龙眠风雅》收周岐所作《辛卯长安得家报喜举一孙，兼闻岁荒盗发，又不觉忧从中来也》之二云：“离家五甲子，松菊近如何？喜见平安字，愁闻水旱多。石田年不种，租吏日相诃。避乱方安堵，哪堪又荷戈。”从标题看，此诗当写于顺治辛卯年（1651），而他其时是在长安即北京，又从“离家五甲子”一句看，他大约在归里隐居两年多以后的顺治四年（1647）七月，即又重新离开故里到了京城。

这就怪了，一方面拒绝“荐之以官”改事新朝，一方面又与这些改事新朝的故旧经常来往，周岐玩的是什么套路？这要看周岐与这些人交往究竟干了什么？其实，在基于避乱上，周岐与这些人交往的目的无非是“兜售”才干、避乱与讨生活。交往的方式主要是两种，一是旅食，前文已作交代，除了和陈名夏，还与崇祯七年（1634）进士、清初太常寺少卿的龚鼎孳有过往来。一是游幕，所谓游幕，就是离乡作幕僚、幕宾、幕友以讨生活。经查证，周岐在清初的北京，曾入过前明武举的清朝兵部尚书、右副都御史马光辉的幕府。而在京城以外，《周文贞公传》中那句“每事必为借箸”，则清楚道出了周岐曾入过降清的江西巡抚蔡士英的幕府。至于“借箸”何为，下文再作交代。

周岐如此做法，好友钱澄之看不过去了。《田间诗集》卷四《寄周农父》云：“……子为淮帅客，能操利物权。我无家可归，合明同学禅。天地成翻覆，性命图苟全。慷慨见孙吴，临事躯竟捐。出处虽有异，此志同一坚。子年今五十，淮上颂子贤。人皆为子羡，吾独为子怜……努力谢帏幄，来耕潭上田。”意思是说，周岐作为幕宾，很受幕主的赏识，有操控利物的权力，但钱澄之随即告诉周岐，自己随着南明政权反清失败后，已经回归故里，方以智（无可其法号）也在横埠合明山下为父庐墓修禅。更有那孙临（克咸其字）、吴德操（鉴在其字）战死抗清沙场。这些当年的好友抗清意志是那么一致的坚定。在这“天地成翻覆”的时代，虽然有人羡慕你，我却为你可怜忧心，还是告别那些幕府的帏幄，回到老家周潭耕田吧。

人生难得是诤友，钱澄之的忧心与规劝自是出于好友的一番殷切之心。

朝代更迭，江山易主，是对文人士大夫的重要考验。何况是由明入清，在传统士大夫看来，尽管明王朝已经腐朽没落，但那是可以改良的，假若效命清廷，虽万死而不能。因此，有不少的人同钱澄之一样，担心周岐会“走”得太远，甚至要质疑周岐的明遗民资格了。

但以周岐的成长经历观之，又大可不必担心周岐太“出格”而投靠清廷。对他成长的影响至关重要的两个人左光斗和周磐石都是大忠大义之人，而周岐本人曾作《再游齐山读岳武穆遗碑感怀》：“沽酒遥知青树林，名山负郭再登临。重岩曲曲寻前径，翠竹森森憩旧荫。槛外湖光摇绿水，樽前芳草和鸣禽。翠微亭畔悲风发，古木犹成北伐音。”翠微山下的古树在阴风中沙沙作响，在他听来，却是岳飞北伐中原一统华夏的鼓角争鸣！“国变”后，周岐又作《吊故相国史道邻（史可法号）先生》：“举目河山势已更，当年百战守危城。恨留一矢浮图著，臂刺孤忠血迹明。掷杖长怜夸父没，挥戈难起鲁阳生。相看惟有庭前柏，犹宿栖乌向我鸣。”在周岐看来，当时的扬州已是一座危城，史可法却明知不可为而为之，孤忠奋守，血溅疆场，虽死犹荣，如同掷杖成桃林、身化夸父山的夸父，又如同挥戈向日、恢复光明的伐纣的鲁阳公，全诗对民族英雄史可法的敬仰、缅怀与痛惜之情，让人潸然泪下。

儒家除了讲究“忠”，同样注重“孝”。周岐怎么样呢？他曾作《义仆行为新安金生赋》，自注“金生始鬻身以养老母，继割股以愈主人，可以风矣”，诗中写道：“忠孝如今为最难，每一念之心常寒。金生至性能若此，可以愧夫巍然当世之衣冠。”其实，周岐不仅公开表明了推崇孝道的心迹，更是不遗余力地践行孝道。《龙眠风雅》卷三十七周岐“小传”称：“事嫡母以孝闻。”对待生母以外的父亲正妻都如此尽孝。《周文贞公传》载，扬州城破后周岐将“两世慈帷”即嫡母与生母的牌位置于帷帐之中，“历险阻崎岖，奉归故里，遂依潭上旧居筑土室啸咏”，又“尝取孝经，更采集曾子语，佩而诵之”，后来撰写《孝经外传》。

这样的饱受忠义之士恩惠与教诲，又深研、推崇并实践忠孝之道的人，这样的被反清义士方以智始终当作兄弟的人，怎会是“变节”之人？

不过，周岐尽管拒绝了清廷爵禄，但与一些清廷大员交好确是事实。周岐会不会撞破了遗民节操的“底线”？我们来看一看什么是遗民。“遗民者，则指江山易代之际以终于先朝而耻于仕新朝者也”（谢正光《明遗民传记索引》），根据这个定义，一个“仕”字决定了一个士人是遗民还是降民的本质区别，只要不在新朝当官，不拿新朝的俸禄，就是遗民。谢正光《读方文嵞山集》一文进一步指出：“身遭易代之变，士之出处，除仕与隐两途外，尚有游幕与旅食二途……盖游幕与旅食，既可解决生计，而无大碍于忠义之道。”反观周岐的行为，他虽然在“国变”之后与清廷大员常有往来，甚至还入过他们的幕府，但在古代像他们这样的幕僚，是没有官方编制的，他们迫于生计，接的是幕主的“私”活，而非干的“公”事，拿的是幕主个人支付的私俸，而非由朝廷支出的公俸。他们的行为只是游幕与旅食，走的是中间路线，既非占住清廷“爵”位，又不拿清廷的俸禄，与“仕”新朝并不沾边，遑论“变节”之事？事实上，江山易代之际，许多文人士子都这样干过，比如方文，便“于清人入关后的二十五年间，以遗民之身囊笔游于大吏之门，自南而北，文酒之会，几无虚日”（张其淦《明代千遗民诗咏二编》）。挂冠而去或坚卧不出，死守苦节，老死不与官府往来，其实是以少概多的理想化、模式化的遗民形象，周岐与方文等人才是现实中常见的遗民。

“总之是入新朝以后隐沦以终者，比较集中于卷六的第五十八至第六十三”（《桐城耆旧传·前言》），马其昶将周岐赫然列在卷六的第六十二，昭示周岐由于拒绝了清廷的爵禄，全节而终，守住了“遗民”的底线。如此一来，我们终于知道周岐为什么能够频频出现在《遗民诗》《皇明遗民传》《明代千遗民诗咏》等典籍之中了。

（六）名留滕王阁

——协助蔡士英编纂滕王阁诗文

《周文贞公传》载：周岐国变归里后，许多人请他出山，他都不应，但“三韩蔡中丞以素交莫逆，一抚两督漕。每事必为借箸（借箸，借箸代筹的略语，箸：筷子，比喻为人出主意、计划事情），到今军民遗爱不衰”。蔡中丞即蔡士英，清初曾先后担任过江西巡抚和漕运总督，“每事必为借箸”所为何事？“到今军民遗爱不衰”，这些事情一定是很有意义的吧？原来，在顺治九年（1652）至顺治十二年（1655）期间，蔡士英担任江西巡抚兼兵部右侍郎，清丈减赋，民因大纾。附庸风雅也好，收买人心也罢，蔡士英又把目光锁定在一桩伟大的文化事业上了。自唐代以来就一直名播华夏的滕王阁毁于顺治五年（1648）、顺治六年（1649）间的战火，蔡士英于顺治十年（1653）组织重建，翌年竣工。据说，如今滕王阁的“江山入座”牌匾即为蔡士英所书。

名楼名阁必有名赋名诗，蔡士英亲撰《重建滕王阁征诗文檄》，期待“或朝或野或宦游”的“城中才士”“宇内名人”，“为赋为诗为叙记……共集千秋之盛事，丕昭一代之宏文。速惠瑶章，用光剞劂”，特别邀请周岐协助其编纂。

能与千古名楼关联上，岂非不朽之盛事？且又于气节一事无甚大碍，周岐能不欣然前往吗？蔡士英主编了《滕王阁全集》和《滕王阁征汇诗文》，周岐则帮助他进行了甄选和编辑。《滕王阁全集》于清顺治十四年（1657）刊刻印行。在《滕王阁全集》卷首赫然印着周岐的《滕王阁古今诗文汇选序》：“值大中丞三韩蔡公右副都御史司马侍郎出抚江西，奋武揆文。公余之暇，悯名胜之忽淹，构嶒嵘之新阁，使飞云捲雨，顿还旧观，槛外长江，宛如宿构。遍采诗歌，搜珠剖玉，洵郁郁乎盛事矣。余流寓期间，因得纵观篇什之美，裒集历代诗文，汇为全集。”虽只百十来字，却将蔡士英的不世之功、新建滕王阁临江耸峙的恢宏之势和所汇诗文的珠玉之美鲜活地呈现了出来。周岐也因这一次的游幕，而将自己的名字永远刻在了滕王阁这一超越时空的文化名胜之上了。

（七）一息翔九州

——敬宗收族和吟诗著文的终老生活

今邦毕竟非昨邦，今世毕竟非昨世。随着时间的推移，周岐也许越来越意识到作为秉承儒家文化的传统文人，他的“丈夫志四海”的梦想已经越来越渺茫了，他的“条论当世之务”和“谈兵执锐挽强”的才干越来越没有用武之地了，况且，游幕与旅食终归是寄人篱下。于是，在协助江西巡抚蔡士英编纂滕王阁诗文选之后，周岐毅然决然地换了一种生活方式，彻底地重归土室了。

但“鸟知达士心，一息翔九州”，归家的周岐是不可能碌碌无为、饱食终日的，而是身居土室，依然心怀天下，以另一种姿势在文人的另一条道路上继续行走。

一是敬宗收族、续修族谱。周岐以“倡修”的身份，与周瞻明、周子组、周汝为等人为鹞石周氏两宋交叠之际迁桐城以来第三次合修了宗谱，亲作《重饬家规序》，以宗谱推动儒家文化的“仁义礼智信，忠孝廉耻勇”薪火相传，并请得破关回乡为父庐墓的方以智欣然为之作序。

二是吟诗著文、教化世俗。周岐《咏怀四首》其四云：“我思古人心，何以慰我愁？独有著述士，令名常悠悠。”诗词歌赋是周岐除了家国天下之外的又一大人生底色。《周氏清芬诗文集》是一部鹞石周氏诗文总集，民国年间东方文化事业总委员会组织编纂的《续修四库全书总目提要》列有“周氏清芬文集十四卷诗集二十四卷，光绪十九年刻本之条目”。提要由当时知名学者、藏书家刘启瑞先生撰写，相关文字说：“集凡文十四卷、诗二十四卷，皆辑周氏一姓之作，文始周岐，终周启源，凡十七人；诗始周岐，终周懿德，凡四十九人……诸人虽各有集，然咸丰兵燹，已多散佚，实赖此以存梗概。”桐城续修县志卷第二十一载：《孝经外传·执宜集·烬余稿》由周岐撰，但仅有书名而无卷数。周岐所作其实远不止这些，尤其晚年更加笔耕不辍，《周文贞公传》载："其未刻存土室者，尚等身云。"不过，周岐存世的诗文除了《龙眠风雅》收录的 68 首诗歌，其他的如前所述，都在咸丰兵燹中散失殆尽了。

周岐的一生，波澜曲折而又卓越不凡。时间的长河将他的萍踪浪迹冲得有些斑驳支离，历史的烟云又为他的真实人生掩上了一些迷雾，甚至涂抹了一些污浊。本文虽经多方考证，但不免彰优不充分，正本不精到。如果非要总结的话，笔者不想照搬有的论者所谓"惜其未跻大用，遇不足以尽其才，位不足以配其德焉"之说，而为他惋惜与不平，倒是愿意引用《周文贞公传》所记李舒章的"藏器于身，贞如介石"八个字评价，来为他感佩与自豪。的确，若只以"遇"和"位"而论，则看扁了他的追求，曲解了他的衷肠。他曾积极潇洒地"出"，从而"自试其璞"，"试"出了满腹经纶、广博精深的学识与运筹帷幄、干练超群的才干，一如璞玉之美。他最终坚决旷达地"退"，从而"文明以砥其锷"，砥砺出了淡泊名利、寄情诗文的率性和忠孝当头、全节守身的本真，一如介石之贞！